周作人译作

希腊女诗人萨波

钟叔河——编订

岳麓書社·长沙

上海出版公司本《希腊女诗人萨波》

编者的话

锺叔河

一九八七年一月三日《光明日报》上，岳麓书社刊出了我拟稿的一帧广告（左图），宣布了书社和我对重印周作人著作的观点：

“人归人，文归文。周作人其人的是非功过是另一问题，其书的主要内容是对传统文化和国民性进行反思，对中国—西方和中国—日本的文化历史进行比较研究，今之读者却不可不读。……”

随即便开始出书。既出周作人著作的单行本，也出精装合订本。两年之间，出了二十四种。

书当然不是想出便能出的，得按规矩，走程序。周家授权了，报告批复了，宋木文、杨牧之、伍杰各位领导都当面或来信表示应允和支持了，便能够出了。

出就得出好。当时强调了两条：（一）因为均系据旧本重印，所以一定要认真校订，尽力改正旧本误植失校的错误；（二）因为手稿不存，无法对勘，所以一定要详出校记，改动处一概保留原文，承担责任。

这两条，读者看来大都是认可的。直到如今，在旧书网上，八十年代“岳麓版”的周作人著作，始终都卖得不错。

现在，岳麓书社决定又来出版周作人著作，仍然要我负责编订，做法则一仍其旧。主要还是这些书，还是这两条，新的广告也就不必再做了。

鄢琨君三十年前和我同编了这些书，此次仍然合作，蒋浩君也参加了进来。校记原列表在书末，如今改作尾注。二君新增校改之处，分别标出“鄢校”“蒋校”，特此说明，并志感谢。

二〇一八年五月十五日于长沙。

出版题记

《希腊女诗人萨波》，署名周遐寿，“上海出版公司”一九五一年八月初版。有序言一，例言一，文七篇，首篇《关于萨波》为周氏所写，“本文”六篇则选译自韦格耳著《萨波传》，其中四篇后有附录甲乙，甲系《萨波传》未译部分中有关材料，乙系传中所录萨波的诗，另照诗集原文（古希腊文）校译，例言特别指出：“此系原诗真面目，可资参考处当不少”，故不可以其为附录而轻之。

周作人为少有的通古希腊文的专家，序云，“介绍希腊女诗人萨波到中国来的心愿，我是怀的很久了。最初……写了一篇古文的《希腊女诗人》，发表在以前的《小说月报》上边”。此文作于一九二六年，后收入《自己的园地》集中。其实在这十二年前，他发表在《中华小说界》上的《艺文杂话（五）》即为《萨复》，谓其诗“情文并胜，异国译者，鲜能仿佛……譬诸蝶衣之美，不能禁人手沾捉也”。

本书为周一九四九年一月出狱后居上海时编译，八月完成。郑振铎极力主张出版，并将其收入所主编的《文艺复兴丛书》第一辑。今即据以校订重印。

二〇二〇年五月三十日，锺叔河。

目录

序言

介绍希腊女诗人萨波到中国来的心愿，我是怀的很久了。最初得到一九〇八年英国华耳敦编《萨波诗集》，我很喜欢，写了一篇古文的《希腊女诗人》，发表在以前的《小说月报》上边。这还是民国初年的事，荏苒二十年，华耳敦的书已经古旧了，另外得到一册一九二六年海恩斯编的集子，加入了好些近年在埃及发现，新整理出来的断片，比较更为完善。可是事实上还是没有办法，外国诗不知道怎么译好，希腊语（而且是萨波的）之美也不能怎么有理解，何况传达，此其一。许多半句几个字的断片，照译殊无意味，即使硬把全部写了出来，一总只有寥寥几页，订不成一本小册子，此其二。末了又搜求到了一九三二年韦格耳的《勒斯婆思的萨波，她的生活与其时代》，这才发现了一种介绍的新方法。他是英国人，曾任埃及政府古物总检查官，著书甚多，有《法老史》三册、《埃及王亚革那顿、女王克勒阿帕忒拉、罗马皇帝宜禄各人之生活与其时代》，关于希腊者只此一书。这是一种新式的传记，特别也因为萨波的资料太少的缘故吧，很致力于时代环境的描写，大概要占十分之八九，但是借了这做底子，他把萨波遗诗之稍成片断的差不多都安插在里面，可以说是传记中兼附有诗集，这是很妙的办法。一九一二年帕忒利克女士的《萨波与勒斯婆思岛》也有这个意思，可是她真的把诗另附在后面，本文也写得简单，所以我从前虽然也觉得可喜，却不曾想要翻译它。近来翻阅韦格耳书，摘译了其中六篇，把萨波的生活大概说及了，遗诗也什九收罗在内，聊以了我多年的心愿，可以算是一件愉快的事。有些讲风土及衣食住的地方，或者有人觉得繁琐，这小毛病当然也可以说是有的，但于知人论世上面大概亦不无用处，我常想假如有人做杜少陵或是陆放翁的新传，不知他能否在这[①]些方面有同样的叙述，使我们知道唐宋人日常的起居饮食，可以推想我们诗人家居的情状，在我是觉得这非常可以感谢的。所有这种问题都是原著者的事，于我无干，我的工作是在本文以外，即是附录中的那些萨波的原诗译

【锺校】

① 手稿无“这”字，今增。

文，一一校对海恩斯本的原文，用了学究的态度抄录出来，只是粗拙的达旨，成绩不好，但在我却是十分想用力的。既无诗形，也少诗味，未必值得读，但是介绍在《诗经》时代的女诗人的诗到中国来，这件事总是值得做的。古典文学即是世界文学遗产的一部分，我们中国应当也取得一份，只是担负的力气太小，所以也分到得太少罢了。

一九四九年八月二日，在上海。

例言

一、本书介绍古代希腊女诗人萨波，以诗为主，以生活为副。但在实际上，因为诗不好译，又遗文散逸，所存多是断简残篇，难成卷帙，所以夹杂在生活中间，长短共八十节，诗集中重要的差不多都收罗在内了。

一、本文六篇，均取自英国韦格耳（Arthur Weigall）著《萨波传》中，全书太繁冗，故其馀未译出。有可补充的材料，收入各篇后附录甲中。文中所录萨波[1]的诗，另照诗集原文校译，列为附录乙，此系原诗真面目，可资参考处当不少。

一、《关于萨波》一文系编者所写，将其生活简要的叙[2]述一下，对于几个问题亦稍加研究[3]，附于

【锺校】

①“萨波”原作“波萨”。

②“叙”原作“设”。

③“究”原作“空”。

卷端。

一、人地名译音务期正确，以两国对音为原则，即是说勉力以中国字去表现希腊语音，不用第三国读法。古希腊文已是死言语，究竟古人如何发音，至今已不可知（现代希腊人虽然仍用旧字母，已经读得很特别了，如b字读作v之类），但欧洲学者大抵有一假定读法，今悉从之。所谓第三国读法，即用了英美人的读法去读以罗马人拼法所拼的字，如尼开（Niké）拼作Nice，便读为“奈西”（不是“奈司”已是很好了），基耳开（Kirké）拼作Circé，读为“首西”，即亚柏罗地德亦读作“亚乎罗大替”了。古典的专名经罗马人拼写，沿用至今，容易误读，准名从主人之例，都应一一改正才对。

一、对音原拟各音规定一定的汉字，但难以实现，因为往往有音无字，不能不迁就用近似的替代，又如l、r二音，中国字无法区别，也只能混写作一个字了。

一、人地名中国早有译音者，今多仍之，不加改译，如雅典、荷马、梭[①]格拉底、柏拉图、亚列士多德之类，但哥林多、以弗所、昔昔利等，今亦改为科

【锺校】

①“梭”原作“校”。

林朵思，厄贝索思、西基利亚了。

一、萨波用故乡方言自称泼萨巴（Psappha），今依通称为萨波（Sapphō），此处萨字读入声更为正确。最初介绍她的名字到中国来的实是梁任公，他在所办的《新小说》上，大概是《新中国未来记》吧，引有英国拜轮的《哀希腊歌》，依据日本语译音，有“萨芷波歌声高”之语，算起来已是距今四十多年前的事了。

关于萨波

萨波（Sapphō）在希腊的名声是极大的，他们本国人平常称荷马为诗人，不必提他的名字，同样的对于萨波也只称作女诗人。不过他们两人的情形却又极不相同，荷马的两大篇史诗差不多完全的保存下来，而其生平一切不详，萨波则作品十不存一，至多只能说是二十分之一弱罢了，她的生活依据了她的遗诗以及后人的记载，却多少有点可以查考。这些文献之中，有近年在埃及古坟中发现的芦纸抄本，其中一纸可以称作萨波小传的，尚存文字十许行，今译如下文：

> 萨波生于勒斯婆思的米都勒讷城，父名斯卡曼特洛思，或曰斯卡曼特洛女摩思。她有三个弟兄，欧吕瞿阿思、拉利戈思、最长者名喀拉克索思，旅行至埃及，为了一个名叫陀利喀的妓女耗费了许多钱财，幼小的拉利戈思最为她所钟爱。

她有一个女儿，名叫克莱伊思，系袭用她母亲的名字。她被有些人指斥为行为不检，是爱女性的。她的状貌殊为委琐，而且丑陋，因为颜色黧黑，身材矮小。……（下文残缺不明。）

这里萨波的父亲的名字，一说是斯卡曼特洛女摩思，与史家之父赫洛陀妥思在《史记》中所记相同，史上又说及喀拉克索思在埃及为诨名蔷薇颊的陀利喀赎身事，并云以后常被萨波作诗谴责。拉利戈思据雅典奈阿思说，曾为米都勒讷公宴的执爵人，这原来叫作阿伊诺戈阿思，意云倒酒的，他的职务是从大碗里把同水和好了的酒舀出来分给客人，是只给有身份的好看的少年们去充当的。萨波的女儿在她的诗中曾经说及，诗集第五十四则云：

我有一个美丽的女孩，模样像是一朵金花，我的爱女克莱伊思，我看一切吕地亚的地方和我所爱的勒斯婆思，都抵不过她。

又集第六十一引都洛思的玛克西摩思的话云：

梭格拉底责备（他的妻）克山谛沛，因为她在他将死的时候哭泣。

萨波对她的女儿也说："在供奉艺文神女的家里不应有挽歌，因为那是于我们不相称的。"这里所说的也是克莱伊思，不过这是在萨波的晚年，她其时已是长大了。萨波的丈夫只据苏伊达思说名叫开耳屈拉思或开耳科拉思，是从安特洛思岛出来的一个富人，但也有人怀疑，以为这是有些喜剧家所开的玩笑，不能为凭，因为安特洛思意思是男岛，希腊语开耳科思是说尾巴，也是一种猥亵语，虽然别无实在的证佐，或者也是可能的吧。

除了喀拉克索思事件以外，萨波一生中的事情现在有点记录可依据的，是她在西基利亚的流寓。这在帕洛思刻石上简单的记着，萨波自米都勒讷流亡到西基利亚，这在什么年代，是被流放还是自己出亡，我们都无从知道，因为这里上下文都已残缺，无可考究了。但是呃特蒙士根据石上残存的两个字母，加以订补，说这是第二次流放，又按亚耳恺阿思诗断片上的注释，说第一次时有亚耳恺阿思，他的兄弟安帖默尼达思和萨波在内，不过这些订补太是自由，注释的那一条也实在看不清楚，所以较为谨严的学者还不敢相信这个说法。

萨波的容貌，如文献上所说，大都是一致的，说其貌不扬以至丑陋。这个来源大抵出于同一地方，即是喀迈勒恩的关于萨波的文章，他是亚列士多德的一个弟子，很有点学问，埃及发见的芦纸抄本的小传是西历二世纪时所写，似乎即是后世通行的一种节略本。著者虽是有名，可是现在有好些人对于他这来源觉得不大可以凭信，如雅典柰阿思所记，喀迈列恩在《萨波传》内曾说亚那克勒恩与萨波有赠答诗，由他指出答诗并非萨波所作，赠诗也不是指的萨波，而且事实上他们赠答也不可能，因为萨波死时亚那克勒恩才只得几岁，因此觉得那不像是学者的审慎之作，而有点近于道听途说了。海恩斯以为说萨波容貌不美，大概不全是假的，不过这里还有一种特别的理由，萨波恐怕未必是纯粹的希腊系统，勒斯婆思向来多有自亚细亚大陆渡来的移民，埃阿利亚人一语据说原来是“杂”的意思，萨波之没有那种希腊雕像的标准的美是可以想象的。但是她的兄弟拉利戈思被派为执爵人，须是容貌端丽的贵族少年才有这资格，在坡西地坡思的诗里，喀拉克索思也被称为优美，萨波或者不会真是那么丑，后来大概由于喜剧家的渲染便流传开了，有如梭格拉底一样，他的丑陋也正是喜剧里所着力发挥出来的。萨波的石像都是在她死后七八十年时所作，所表现的当然不是实相了，但是雕得并不怎么不美，似乎艺术家方面不曾接受着那传说的影响，虽然梭格拉底是颇有刻的很丑怪的。有一个胸像，成于基督前三三〇年顷，是斯科帕思或吕西坡思派雕刻家的作品，表现出短小精悍，富于热情的神气，仿佛可以代表萨波的一面，但这自然也只是一面而已。

小传中说萨波被有些人指斥为行为不检，是爱女性的，这是一个值得研究的重要的问题。不检（Ataktos）这字或者应当译作不规则，本来是用于军队，是说队伍不整，纪律不好，拿来说个人的行为，只是不合于现时的道德教条，意义颇为笼统，大概是等于说不守妇道吧。所谓爱女性的（Gynaikerastria）显然是说同性恋爱，因此又传说她是妓女。而好意的解说则说别有一个名萨波的妓女，她是干那些坏事的。关于这些事，海恩斯在诗集序说（第二十六节）中有一节话，总论对于萨波的非议之不可信，其文云：

> 说萨波是一个无耻的为人所不齿的女人，这件事之绝不可靠，可以由下列的事实证明之。她属于勒斯婆思岛的一个名门望族，我们只看她的兄弟拉利戈思在米都勒讷所任的职位，就可以知道。她或者在早年与一个富有的男人结了婚，生有一个女儿，跟着她在一起，是她所非常宝爱的。她大概是死在她自己的奉事艺文神女的家里，葬在米都勒讷。从希腊全国的各地方都有女子跑来求教于她，我们可以猜想，是得了她们朋友亲属的允许而来的。她被嘱托写结婚仪式用的

唱歌，给她的友人们或是外人，组织并领导宗教的行列，致敬于赫拉，她写给司婚姻的贞洁的女神亚耳德米思的好些颂歌。一个有坏名声的女子能够做这些事，这是可以想像的么？亚列士多德说，她的国人尊敬她，虽则她是个女人，他会得不添说一句么，说虽则是淫荡（Aselgēs），假如她真是如此。（案：基督教徒塔帖安在西历一百八十年顷对于萨波及其作品大肆攻击，说萨波是色情狂的妓女，歌唱她自己的淫荡的诗，此处即用此典故。据海恩斯说，塔帖安虽如此说，看来却似不曾真见过萨波的作品。）亚利斯帖台思与路吉亚诺思都把她看作她故乡的一个光荣。她的面相被印在呃勒索思与米都勒讷的钱币上。她同时代的亚耳恺阿思称她为清净的。她被这些人说及，都加以称赞，或亦并无非毁的话，有如梭伦、赫洛陀妥思、柏拉图、亚列士多德、哈利卡耳那索思的地阿女西阿思、《崇高论》的作者（案：即朗葛诺思）、台美忒利阿思、布鲁达奇、发鲁萨的地翁、路吉亚诺思、伽伦以及罗马皇帝友利安。雅典奈阿思暗诵她的诗篇，虽然他常常说到她，可是他总替她辩解而不说她坏话。只是阿微特与玛耳帖亚耳的不洁净的心，才想把她拉下去到他们自己的同样地位上。

本来关于“女伴”的问题，是一件极其微妙的事情，有些时与地的分子在里面，如不弄清楚是很容易误解的。我们第一要说明，埃阿利亚系的人不知为什么缘故，对妇女的待遇十分宽大合理，有点像现代的欧洲，与别系的希腊人很不相同。雅典的伊阿尼亚一系，文艺学术上的成就很大，可是对于女人全用的是东方的禁闭方式，平时关在她们自己的闺房内，除祭祀外不能外出，学问更谈不到，大抵可以说是与中国很有点相像吧。斯巴达的陀利亚一系则走向那一极端，军事高于一切，青年女子与男人同样的注重体育，参加竞技，在男子面前裸体赛跑，目的是要养成健全的体格，能够生产军国民，对于女人自己的人格也是并不承认的。在这三者的中间，埃阿利亚人所取的是解放的道路，让妇女在自由的空气中生长，现在看来似乎平常，但在古代的确是很难得的。这种风气到后来还是一直存在，二百年前英国人乔福忒旅行到勒斯婆思岛，在他的《东方游记》上说那地方女人是有名的缺少女性的羞涩，其时虽然在回教（土耳其）的治下，她们时常裸露着上半身，平时的衣服也不遮盖着胸脯，绝无戴面巾，关闭在家里这种习惯。过了一百年之后，斯庚在一八四七年出版的《海行杂记》

中说，勒斯婆思岛的女人是非常男性的，继承一切产业，管理家事，他还说她们常外出作工，或骑马打猎，男人则在家纺绩云。这种情形，在风习相反的地方的人看来，自然难免诧怪。雅典史家堵屈地台思说，女人愈是不出现于街上，不被人谈论，便愈算是好，因此只有那些名妓如亚斯帕西亚和柏吕讷等人，才可以在外面自由行动。三世纪前又一史家毕拉耳戈思说，叙拉库瑟的女人除官许的妓女外，不准戴用金饰和绣花的衣服，凡是良家妇女不得夜间单独外出，因为他们的想法是“如不是去与人通奸”是不会夜出的。在这些空气中的人，如不是特殊的贤哲，听到了萨波自由的生活，与女伴们的交际，拿了自己的尺度去量时，不由得不生出误解，若加上喜剧家故意的渲染，自然更甚。

他们对于梭格拉底还说过他爱男色，因为他有名，更是有意挖苦，对于萨波也正是如此。还有女伴这一个字，本是伴侣的意思，男性的赫泰洛思意思一直是好的，梭格拉底的弟子们便用这个名称，在堵屈地台思史书中，雅典的政党亦称作赫泰莱亚，萨波所称的女伴即女性字赫泰拉，也可以解作女弟子，说得客气一点是女伴罢了。一个字的意义常因了用处及时间而生差异，赫泰拉这字，如用于男子的女伴，那自然解作正妻以外的外宅或是妓女，到得妇女讲学的风气不存，女伴一字的意思渐归着于第二义，至今欧语中借用便干脆单作妓女讲，这在萨波的时候原来是并不如此的。后来更传说勒斯婆思的女人多有同性爱的恶习，称作萨波党，这又由于中古的基督教会的造成，更是变本加厉的谣言了。中国俗语说女子无才便是德，章实斋反对女子做诗，收入选集中列在和尚之后，娼妓之前，有什么光荣？宋朝女诗人李清照有名当代，被无中生有的说是垂老再嫁，累得后世学者再三订正，至今却还为一般人所盲信，世间相似的事情原是到处都有的吧。

末了是那跳白岩的问题。据说在希腊西方伊阿尼亚海边有一个娄卡思岛，意思即是白岛，西端的岬便是有名的白岩，凡是有恋爱失意的人，从岩上跳下海去，不是死了了事，也能忘却前情，从新过活，假如他是遇救不死的话。萨波晚年，据韦格耳推算是五十四岁，说是爱上了渡船的舟子巴翁[①]，后被遗弃，乃远迢迢的跑到白岛，投岩而死。关于巴翁有各种离奇的传说，雅典奈阿思引雅典喜剧家克拉帖诺思的话，说亚柏罗地德爱上了巴翁，把他藏匿在野莴苣丛中，

【锺校】

①“巴翁”原作“巴滃”。

又云史家玛耳叙亚思也传述这故事，却说那隐匿的地方是在长成的大麦中。罗马的瑟耳微乌思在史诗注释中云：“巴翁是一个渡船的舟夫，往来于勒斯婆思岛与本陆之间，有一天威奴思（即亚柏罗地德）化作一个老妪来趁船，巴翁不收她的船钱，她就给他一石膏匣的膏油，每日搽一点，可以使得女人都爱他。”苏伊达思的字典里说，巴翁是一个很美的青年男子，许多女人都爱上了他，埃利亚奴思又说，后来他与有夫之妇私通，被人捉着杀死了。他之所以这样美，是由于亚柏罗地德所给的灵药的力量，据罗马的《自然史》著者泼利尼乌思说，他一定是得着了白的呃棱吉恩，一种蓟类的草根，其状如男根，使佩带者对于异性有不可抗的引力云。

以上是关于巴翁这人的故事，至于说爱他的女人之中有萨波在内，因此跳了白岩的，斯忒拉蓬转引喜剧家默南特洛思的话，曾如此说，若是更具体的说明只有罗马诗人阿微地乌思（通称阿微特）的一篇空想的尺牍诗，是萨波写给巴翁的，韦格耳相信萨波的确跳了白岩，便完全以此为依据。可是在这里有好些疑问。其一，阿微特虽然写了那些尺牍诗，其第十五即是拟萨波给巴翁的一篇，许多古典文学者都很怀疑，从用语及文法各点上看去不像是真本（韦格耳引《希腊诗选》中萨波所作墓铭，其一是关于渔夫沛拉共的，用以说明她对于渔夫舟子们的关切，其实这诗也已证明非萨波之作）。即使是真的话，这也不足凭信，韦格耳以为他一定有古代已逸的文献及萨波的逸篇作资料，但在阿微特著作中，论理是应该多有萨波的影响的，却看不出什么痕迹，非但远不能及卡土鲁思，也远赶不上诃拉帖乌思（通称诃莱思），除了那篇可疑的尺牍诗之外，他几乎是与萨波没有什么关系的。其二，关于巴翁的故事本来是些神话故事，离奇可喜，却没有统一，平常是不会有人去当作史实看的。例如阿微特一生的大作是那故事诗《变形记》，它没有历史宗教的色彩，只是杂采各式各样的新奇故事，用文学手段安排成诗，目的是使人读了欣赏，并不是教人相信是事实，这是很明白的事。假如有人说别的原是神话，但是其中一个人的事，譬如说变蚱蜢的帖朵诺思，却是真的，这恐怕未必合理吧。其三，喜剧里的话比神话更是靠不住，因为神话还是自然结成的，而此则出于个人的意思，何况喜剧总是贬多褒少，而且意见多是保守的，岂可轻信，就是悲剧也还难据为定评，因为到底是文艺作品，与以纪实为目的的史书有别。现存的文献中，如上文海恩斯所列举的古代名人对于萨波初无微词，多搜逸闻的赫洛陀妥思亦未曾说及跳白岩的事，我们应当满足，何必一定要以不知为知，去从小丑口中找材料，再给他们去续编演义呢。我想假如萨波真是在五十几岁时重有所爱，因失望而跳了白岩，她自愿如此，那本亦无妨，只要有证据可凭，大家自当遵从，但是现在这虚实大有问题，我们还当阙疑，自不得以巴翁传说浪漫可喜，正好作为女诗人的不寻常的生活的结束，遂取用之也。

萨波的诗今所存者，只有两三篇是完全的（此外《希腊诗选》中有三章，还是疑问），其馀都是断片，有的是不成句的几个字，共总不到五百行，据说她的诗共有九卷，每卷总有一千行以上，所以现在留存的才只有百分之五而已。萨波在古代希腊备受尊崇，大家称她为女诗人，又说是第十艺文神女，即是第十诗神。柏拉图说梭格拉底称她为美的萨波，这是说她诗歌之美，又把她列入哲人之内。梭伦在老年急于学唱萨波的新诗，他说道："为的学会了我可以死。"大有朝闻道夕死可矣之概。在罗马基开隆（通称西瑟罗）时代萨波的诗还被歌唱着，在西历一世纪之末，在二世纪三世纪也是如此。萨波的名誉在希腊罗马虽然由于文士与喜剧家的作弄而受到损害，她的作品却仍然巍然存在着。这是后来由于基督教徒的卫道，才受到了不可补偿的毁灭。她的著作的公开焚毁第一次是举行于基督纪元三百八十年顷，其后在一〇七三年，法王格勒果利七世时，又在罗马及君士但丁堡火烧了一回，但是较有确实根据的是喀耳康突拉思所说，在十六世纪中东罗马皇帝治下教会当局焚了一大批希腊诗人的著作，其中有萨波、呃林那、亚那克勒思、明讷耳摩思、皮翁亚耳克曼、亚耳恺阿思等。那时文艺复兴的大潮正在震撼着西欧，反动势力也作一次大挣扎，这样之后那些异教诗人的作品的确就不大能够看见了。圣人们的卫道工作是完成了，可是苦了后世的文人学子，他们想一看古人遗诗的都大感困难，只好像那捡破纸的人似的，去从古来的字典文法，注疏笔记中去找，抄出里边偶尔引用因而保存下来的一行半句，收拾烬馀，作辑逸的工作，现在的《萨波遗诗集》便是一例，就是这样编集成功的。近时又有人在埃及发掘，于木乃伊的棺中得到许多废纸，中间找出好些抄本的诗文，萨波的诗于是又增加了不少，不过都是前后断烂残缺，经了专门的订补，这才可以通读，至于与原本究竟异同如何，那是无法知道的了。韦格耳在原书第二十一章《其他萨波诗的断片》中，于末尾有很悲伤的几句话道：

> 这好像是从被盗劫的珠宝匣子的底里捡拾起几颗散落的珠子，悲哀的去加在从前是无价之宝

的项圈的一握碎片上边，连同此外一二整片，这就是那不可思议的宝藏所被强人们遗留下的所有的一切了。

我们推想在中古基督教会焚书的时候，一定以为毁灭异教邪书，有功于世道人心非浅，那里料得到会被后人这么的叹恨诅骂，至于比作强盗的呢。

关于萨波的一生实在知道的很少，正如她的遗诗之少一样。

韦格耳在原书第二十四章《萨波在后世的声名》中有几句总结的话，说的很有意义，我们引用在这里，正好作为结束。

用了一时代的标准去判断别一时代，乃是非学者的态度。自然，在各时代都有些品性，可以分别为好或坏，善或恶，但是恋爱事情上的道德标准，变化得很快而且很广泛，所以这方面的批评最好是保留，除了这只当作纯粹的个人的或是派别的意见发表。而且弄这东西，必须离开其原来发生的场合而加以鉴定，这在艺术正是定理。凡是有识之士，无论在古代或是我们的时代，当无不知道，萨波的诗是应当列入人类的最大的艺术成就之中的，这也只是凭了她的诗才可以来对于她加以判断。

萨波在呃勒索思的诞生与儿时[1]

那无比的勒斯婆思女诗人萨波的生活史的开始，使我们回到基督前第七世纪的末季，那是在古代史上特别重要的一世纪，其时古文明已渐颓败，新势力正在兴起，其时西方东部的白人种方在准备，将与东方西部的肤色较黑的民族比试力量，其时人类文化活动的中心已在向西移动，向着希腊与其埃伽亚海中的诸殖民地去了。希腊思想与其事业之新精神已在世界上出现，一个伟大的新时代的诞生正是迫近了。

萨波的诗的精致，她的生活的优雅与复杂，使得她和我们那么的接近，不容易觉得她是生活在希腊史上的古代，还远在那些人之前，有如伟大有名的雕刻家，他们的作品建立了完美的标准，在古代罗马已被尊重成是世所称扬的哲学家戏曲家，他们的劳力安放

【原注】

① 原第一章。

下了基础，建立起古典文化来的，可是只要一看她同时人的名字，就立即可以显示出来她的时代与我们的是有着一个多大的距离了。

举例来说，她的生活的一部分是与在辽远的印度的佛陀的生活是同时的。在巴比伦，那大王尼布甲尼撒是她的同时人，在以色列则有那些先知，耶利米与以西结，正在大发其雷霆，那时候她自在勒斯婆思岛写她的情歌。波斯帝国的建立者古列王在她的晚年兴盛起来，在其早年则正是埃及的法老普山默帖戈思与亚叙利亚作殊死斗的时候。罗马在那时还是一个不重要的城市，由其原始的王公们统治着，在希腊的世界内，古代传统的七贤人正在发表他们的现在几被遗忘的智慧，她则歌唱着她的不朽的歌诗。

多少有点准确，我想，假如并不是完全没有错误的可能，我们可以将她的诞生定作基督前六一二年。为了那些只听过她的名字的人们的便利，这里接着说明一声，她的降生是古今最大的抒情女诗人的出现，古代的人都把她看作超凡入圣的，柏拉图说她是第十艺文神女（案希腊神话中司艺文的神女凡九人），梭格拉底高兴叫她美的萨波（案此据二世纪时玛克西摩思说，他又说明此系指她的诗，因为她是身材小而色黑的），斯忒拉蓬称之为奇迹，她的作品被早代基督教会认为有害于公众道德悉予焚毁，留给我们现代的学者们收集余烬的工作，从古代作家引用词句中所留存的，或是在久被忘记的城市的废墟之中，被厚意的泥土所保存下来的，来抄集她的诗的断片。

关于我怎样决定萨波的生年的问题，这里来略为学术的讨论一下，我想也不是不适当的。古代希腊地理学家斯忒拉蓬，在一千九百馀年前罗马皇帝奥古斯德时著作，告诉我们说萨波生活在有名的勒斯婆思霸主披塔科思的时代，我们又从别的来源知道披塔科思享年七十馀，卒于第五十二阿棱披亚思的第三年，即是基督前五七〇年。（原注，一阿棱披亚思是阿棱披亚竞技前后相距的四年之期。案此在希腊古时用以纪年，从基督前七七六年起算，每四年为一阿棱披亚思即言某次竞技之年，至末次第二九三次为止，即基督纪元三九三年也。）雅典奈阿思，那个半被忘记了的事情的丰富的收集者，他生于三世纪，那时还能够找到文献上的许多古旧零星的片段，抄满了他的笔记本子，他说她是吕地亚王亚吕亚德思的同时人，那王在位期间大概是基督前六一七至五六〇年，是那有名的克洛伊索思的父亲。希腊字典学家苏伊达思生于十世纪，但是从古代著作上获得材料，也把她当作诗人斯德西戈洛思的同时人，据罗马的基开隆说，他卒于第五十六阿棱披亚思，即是基督前五五六至五五三年之间。

而且从两三个别的来源，连她自己的诗在内，可以知道她是那披塔科思的政敌，诗人亚耳恺阿思的朋友，她的兄弟又据那基督前五世纪时的大史家赫洛陀妥思说曾经在埃及，正在亚玛西思王的时代，他是在基督前五六九年登埃及王位的。

这样说来，萨波的大抵的年代是没有什么问题的了，但是我们必须说得更正确一点才好。我在本书中将要说明，她的因为恋爱一个比她自己年青的男人而自杀的传说是根于事实的，但是因为这似乎不见得，她会得那么的被浪漫的绝望所压倒，假如过了五十年代的前半，那时正是女人的最大悲剧时期，其时颜色衰退了，而恋慕还未消除，所以我们必须假定，依了生理与心理的根据，她死的时候不会得更年老，也未必更年青，如她自己关于加添的皱纹的悲哀的描写，以及说她已过了生育的时代，可以为证。她似乎不是死于基督前五五八年以前，这是钦仰她的那有名的雅典的梭隆去世的那一年，因为如三世纪的埃利亚奴思所说，梭隆初次听到萨波的新作的诗，他一定要人立刻教他，让他可以在死亡之前学会了它，这就可知道，他已将近末日，那时她却还在做出她的热烈的杰作来。

苏伊达思说她“显”于第四十二阿棱披亚思，即基督前六一二至六〇九年，所谓显者可以说她诞生，也可以说写作，欧瑟皮阿思则说她显于第四十六阿棱披亚思的第二年，即基督前五九五年，帕洛思纪年刻石说她从勒斯婆思的流放是雅典的元老克利帖亚思，叙拉库瑟的干摩洛伊执政时期，这就把那事件规定在基督前六〇五至五九一年之间了。

但是她不见得会被流放，或者把流放当作她生活上的重大事件，假如她不是已经长成，而且在那时候已是一个知名的人物，在别一方面，如上文所说，她在基督前五五八年也不能过了中年很久。这样的归结起来，我们把这些年代调和一下，可以假定，也如苏伊达思所说，她生于基督前六一二年，她开始认真写作在十七岁时，即基督前五九五年，如欧瑟皮阿思所说的，又依据帕洛思刻石推测她在基督前五九一年二十一岁时被流放，棱隆死时在基督前五五八年她年五十四岁，至基督前五五七年她年五十五岁时自杀而死。在本书中可以看出来，这些年代与史上熟知的年月事件都是非常适合。

关于她诞生地方的最早的文献是引用地阿斯科利台思的一句话，他生于基督前三世纪的中叶，在她死后三百年后了，他说她是“埃阿利亚系的呃勒索思的艺文神女”，呃勒索思是在勒斯婆思岛西海岸的一个城市。但是在差不多同时候，皮都尼亚的史家宁比思告诉我们说，生于呃勒索思的是别的萨波，那是一个有名的妓女，似乎斯忒拉蓬也承认这个区别，因为在他记叙呃勒索思以及生于那地方的有名人物的时候并不说及女诗人，却在别处讲米都勒讷时提起她来，的确她是在那里过了她大部分的生活的。

苏伊达思在他的字典里却说那妓女萨波是米都勒讷的一个闺秀，这是勒斯婆思的首都，在岛的东海岸上，女诗人萨波则生于呃勒索思，后来在呃勒索思的确曾铸有钱币，印有她的面像，这些都属于罗马时代，可见在那时期她是那城市的一种光荣。埃利亚奴思讲到这女诗人，说道：“我知道在勒斯婆思有别一个萨波，那是妓女，并不是女诗人。”这两者之间有些纠缠也由苏伊达思的话里可以看出来，他说：“依据有些出典，那一个萨波也是抒情女诗人云。”

这事情的真相，读者看下去就可以明白。在萨波死后，她的道德性格渐为数世代后的人所批评，她的自杀被视为耻辱的事。所以那些倾倒于她的诗歌之微妙的美的，又或如柏拉图那样，觉得找不到适当的字来表示对于她的著作的钦服之情的人，不得不来接受这种好意的说明，有如宁比思那样，说那些故事里的骇人听闻的女主角乃是别一个萨波，并非这女诗人。

这别一萨波的分别的存在，正如现在学者们所承认的那样，实在乃是一种好意的创作，在基督前一世纪中，文法家地突摩思似乎也已猜想到，因为据说他曾写过一篇论文，讨论这德性不大坚定的闺秀（案即妓女）是否即是女诗人自己。基督纪元二世纪的某作者，已失其名，也曾直面接这惊人的真实，在他的女诗人的短传中，说明有些人攻击她的不道德的生活。

这是在呃勒索思地方，在基督前六一二年，萨波诞生了，那诗歌的最高的主妇，“在世界所有文学的所有诗人中间，只有她的每个字都有一种特别的不可混淆的香气，一个绝对完全与不可模拟的美妙之印记”（案此系英国西蒙士语，见于所著《希腊诗人之研究》一书中）。可是她的热烈的追求，欲于肉体的接触上求得微妙之美，乃使得她的声名在基督教时代被列入伤风败俗之中，于是那些辩护家尽把这些过失的纪录，凭了他们善意的迟钝以为与不朽的天才不能并存的，推到别一个空想的呃勒索思的萨波身上去。

呃勒索思是埃伽亚海上那些奇妙的埃阿利亚系小城市之一，在辽远的好几世纪中老是像海角天边的什么一朵云彩，末了不见了，不曾留下一点什么痕迹。

在有一个时候，这是以大麦出名的地方，在秋收时，白的城墙后边的田野像是一片黄金的海。无论在那一个岛上，或是小亚细亚邻近的大陆上，再也没有更好的谷子，而且这勒斯婆思东海岸的人民又是那么善于制粉与做面包，所以呃勒索思早已因此很有名声，远在因为是萨波的诞生地而出名之前，这里不单是萨波，而且还诞生过德阿柏拉斯妥思与巴尼亚思，是两世纪半后的两个逍遥学派的哲学家（案即是亚列士多德的弟子）。亚耳盖斯忒拉妥思在基督前四世纪中写了一篇韵文著作，是讲烹调的，他说他们所做的大麦面包是比积雪还要白，假如神们是吃大麦面包的，他们一定要叫使者赫耳美思到那些面包房买去，“在那有名的呃勒索思的海水环抱的小山上”。那地方原是属于他（赫耳美思）的特别保佑之下的。

这上边建着城市的小山是一个奇形的岩石重叠的岬，笔直的从埃伽亚海中竖起来，红屋顶白墙壁的房屋围绕着山顶上要塞的高城那么密密的，就是远在海面上，白天里望过来，背后映着白云似的连山，那地方显得很清楚，夜间则小巷口的灯笼光，以及险峭的上升街道上以及高的城寨壁上的灯光，并作一起成为水手们所熟知的一个灯塔。在希腊与勒斯婆思之间要在大海上走百把哩的船只，常常到这里来停泊一下，随后再开往米都勒讷，或是再往北六十哩，往忒洛亚与赫勒斯邦妥思去，我们可以猜想，那白面包的声名就是这样传布开去的。

在城市的东北六哩有一个很高的山峰，在屈倍莱的祭日，良善的市民便爬上这山去，她是母女神，从她在山上老鹰窠中间的神殿内看守着下面平原的那些人家，在那高处下望，可以看到近地的全景，几乎是不可信的美丽。向南相距四十哩，从海中耸出吉阿思岛的肥沃的众山，是一个小乐园，那里的女人虽然以美丽出名，正如她们的岛因酒得名一样，可是许多年间不曾有一件通奸案件弄到法院里去的（原注，布鲁达奇说，到他那时候为止，过去七百年里不曾有过一件）。

在一个晴明的天里，向西南望去，在埃伽亚海碧绿一片的那边，可以看见希腊的隐隐的群山，西北则有伦木诺思火山岛上的山，那是锻冶神赫法斯妥思的有名的家与工场，也在六十哩外清楚的可以看见，又有亚朵思山，直竖在那没有港口的大家所怕的半岛上，相距有一百哩，有时候也可望得见。向东北五十哩是伊达山，据说诸神就在那山顶上观看下面忒洛亚平原上的战斗，向东望去是惊人的好景色，通过勒斯婆思本岛，望到小亚细亚大陆，那里一重重的山，微妙的现出来紫颜色，再远去一点也都可以看见，如柏吕葛亚的廷突摩思山及皮都尼亚的阿棱坡思山等。

呃勒索思是冒险的埃阿利亚人在勒斯婆思岛上所建立的五城市之一，他们在历史的黎明时期从德萨利亚、婆伊阿帖亚以及雅典以北的别的希腊区域移来此地，带了他们的文明与他们的诸神一同前来。亚坡隆、宙斯、坡舍同、赫耳美思、代美退耳、亚柏罗地德、雅典那与希腊神殿中的别的分子，都在这里礼拜，但是因为这块沿着内海展到内地山间的繁茂的平原的土质肥饶之故，地的女神代美退耳所以成为近地一带的最是盛行的神道了。

到了春天和秋天的时候，在呃勒索思有一场极大的欢乐，每家都杀一只猪，去祭代美退耳。接连四天的祭礼，叫作德斯摩波利亚，是为她而设的，在这期间年青的结了婚的女人每天都聚集在一起举行性的密仪，在家里则拒绝她们丈夫的温存，只坐在清凉药草的小堆上，吃芝麻和蜜所做的饼，想着清净的思想。

赫耳美思在这里也于诸神之中有着特殊的地位，这一半因为他自古来与地的丰饶有关，一半因为他的米谷商业的特别关系，这乃是本市主要的税收来源，对他所献的也是猪，连同春天的初生羊羔与最洁白的大麦面包。坡舍同是本市所最崇敬的别一位神明，这在那么的与海有关连的地方原是极自然的事情，在他的圣日将黑的和白的公牛，公羊和野猪在波浪边去宰杀了，致敬于他。

有两条小河，除了夏末之外水势都很汹涌，从山上流下海去，沿着两岸长着的柽柳是许多鸟类的家，也庇荫那山羊的群，和虽然看不见却显然存在的河川神女，她们爱流水的声音和鸟的歌声，而且她们自己也还唱的很是好听，红花的夹竹桃在这里是野生着，在春天有地丁、风信子，和白头翁草，铺遍了地面。这两条河终于流到海里，经过了离城市不远的沙的海岸，在月光之下有那些美丽的海洋神女，即是阿开亚诺思（大洋）的女儿陀利恩给他兄弟讷娄思所生的，有时听得见她们对于河川神女们大声叫号致问讯之意。

在稻田中间常有槲树，阔叶树，和别的树木的小林，夏天夜里夜莺便在这中间歌唱，每家人家的周围都种着苹果、榅桲、无花果、石榴和杏树。四周山坡上是葡萄园，制出一种酒来，据古代名医伽伦说最是香甜，但是再高上去，在不毛的岩石之间，有些松树林，林中弯弯曲曲的走着往米都勒讷的险峭的公路，上有鹰鹫不断的绕着圈子飞，望着下面，找寻食物。

下来在葡萄园和谷田中间，那里有无数的竹鸡，它的叫声隔着平原可以听见，在那梦似的空气中又夹杂着羊的咩咩声，牛的哞哞声，百灵的歌声，牧人的箫声，以及偶然的一只狗的远吠与驴子的吼声。这些声音就是今天在这为时代遗忘的平原上也仍旧可以听到，虽然呃勒索思已经消灭了，只有现代的小镇市移在内地三哩远还叫作这个名字，近处的空气中也是古今不变的充满着蜜蜂与虫类的嗡嗡声，风在树中间的飒飒声，还有海水有节奏的叹息声。在呃勒索思北方，西格利恩岬伸入蓝色的海水中去，一个岩石重叠的海角，遮断了城市的更远的展望，隐藏在那边是安帖萨城，岛上五个最重要的城市之一，因为是诗人德耳潘特洛思的家乡而出名的。沿着海岸线有一二哩之长，在呃勒索思左右两边，耸立着现今不见了的富贵人家的别庄，白色的房屋避开了海风，围墙的园子里种着些阴黑的卷柏树大枫树和别的树木，真是把它都隐蔽起来了。在这样的一个人家里我们可以推想，就诞生了那不朽的萨波，或是泼萨波，如她用了埃阿利亚方言称呼自己这样。

她的母亲的名字是克莱伊思，那是无疑的了，但是她的父亲的名字，或者因为他死得早的缘故吧，这就没有那么记得的确了。苏伊达思在他的字典里，列举着这人的八个名字，是他所参考过的那些文献上这样叫他的。那些是斯卡曼特洛女摩思、斯卡曼、西蒙和瑟摩思、欧吕瞿阿思或欧亚耳戈思、欧诺米诺思，以及呃克吕妥思。品达洛思诗的注释家叫他作欧吕瞿阿思，但是埃利亚奴思则称为斯卡曼特洛女摩思，柏拉图的拜特洛思篇的注释者也如是说，基督纪年二百年顷的一篇无名氏的芦纸卷子上说，他名为斯卡曼特洛思或斯卡曼特洛女摩思，赫洛陀妥思在时代上与萨波较相近，在别处讲到她的兄弟喀拉克索思的时候，说他是斯卡曼特洛女摩思的儿子。

关于这“第十艺文神女”的父母，什么事都不知道，但是演绎起来他们是属于勒斯婆思的贵族。因此可以推想，像别的勒斯婆思大家一样，世系上是出于谛罗思，即是阿勒斯德思的儿子，亚伽门木农的孙子。大概斯卡曼特洛女摩思，我们便这样叫他，在萨波诞生的时候，还是个二十不多岁的青年人，克莱伊思则还在二十以内吧，在这以后的六年中间生了三个儿子，名叫喀拉克索思、欧吕瞿阿思与拉利戈思。

但是在拉利拉戈思还是一个婴孩，萨波也只有六岁的时候，呃勒索思的和平生活被破坏了，在基督前六〇六年发生了战争，这有十年之久成为勒斯婆思的五个城市的最为关心的事件。在若干时以前，勒斯婆思人在西该恩地方建立了一个商业基地，这是在赫勒斯邦妥思的亚伽亚海尽头的一个海港，忒洛亚废墟西北十哩，呃勒索思东北海路约六十哩，但是现在雅典的商人也来争这西该恩，他们的国人便决定要与勒斯婆思人来用武力解决这事。

就是在荷马的时代，这勒斯婆思岛，或者说得更确实一点是呃勒索思，因为在勒斯婆思的西海岸，隔了亚伽亚海面对着雅典，向来一直如上边说过的那样是在希腊与忒洛亚之间旅行的人们靠泊的地方，所以在这次战事之中呃勒索思必然成为战略上的一个重要点，当着雅典军攻击的要冲。所有的战士都召集成军，那些不留在这里预备遇着进攻时保护家乡的人，都乘船运送到赫勒斯邦妥思去守西该恩，反抗雅典人。

勒斯婆思在那时没有中央政府，五个城市各自管理自己的事情，但是米都勒讷因为是其中的最大城市，在现今当着危机需要全岛团结一致的时候，自然将领导权给了它，自此以后米都勒讷的政权便成为全勒斯婆思的主宰。在那里本来贵族很有势力，但是这贵族的寡头政治现在在危险期间便放弃了它传统的独占政策，任命一个并无门阀的粗野的军人当作勒斯婆思军的总司令。

这人就是后来大大有名的披塔科思，那时大约四十岁，他的任命主要是由于他的朋友，米都勒讷的一个贵族特拉孔的帮助，假如我们可以把亚耳恺阿思诗的一断片这样去解释的话。披塔科思是一个胡子很多，衣服不整齐，不大盥洗的，碰运气的军人，一个忒拉基亚人娶了勒斯婆思的女人所生的儿子，但是他很努力，勇敢，有才能，看去似乎在各方面正是雅典的将军柏吕农的好对手，柏吕农的顶出名的事乃是因为他是一个胜利的拳斗家。

在最初的几次出阵中，我们可以猜想，萨波的父亲斯卡曼特洛女摩思是战死了，因为罗马诗人阿微地乌思显然依据一种现已失却的文献，在诗中使得她说："在六岁时候，我洒泪在父亲的骨上，先时而死的。"寡妇克莱伊思带了她的四个儿女，大概在那时候迁移到比较平安的米都勒讷去，在岛的那一面，因为萨波时常被称为米都勒讷人，所以我们觉得她的家族一定是早就移住过去了，在她还是幼小的时候，事情便是这样的，因了战事的关系，这个女郎乃成为那城市的住民，到得后来和平的时候，她便成了它的名誉与光荣了。

萨波在米都勒讷的少女时代[1]

米都勒讷是比呃勒索思更大而重要的一个城市，在罗马诃拉帖乌思的时候，此地以风景之美著名，与罗台思、呃贝索思与科林妥思相比。在萨波的时代，这城市的规模自然要比罗马诗人所见的简单得多，房屋也没有那么华饰，但是那山与海的宏壮的背景总是一样的，这实在还是那地位，并非建筑师与土木工人的工作，使这城市有它的特别的光辉。那高城，四周围绕着最古老的房屋，还有那在西边的市场，都建立在一个小岛上，这与多山的勒斯婆思的本土隔离，中间隔着一条窄的水道，称作欧利坡思，意思即是海峡，上面架着些白石的桥，在桥这边建造起城市的新的一部分，沿着海岸，以及后面较低的山坡一带。现今这条水路是填平了，现代米都勒讷的街道似乎即指

【原注】

① 原第二章。

出早被忘记了的水道之所在，所以那岛成了一个半岛了，但是在萨波那时，这欧利坡思上边的几条桥是城市新旧两部分的唯一的连系，市民在走过桥去的时候可以在阳光中站住了，欣赏那在海峡两端的两个鲜明青碧的港口。

北边的港口，二者之中较大也是较深的，是用一座强大的石堤防护着，这个遗迹至今存在，那些渔船，商船，以及往来于勒斯婆思与十哩以外的小亚细亚对面海岸之间的船只，都从这里出入。南边的港口虽然较小，却可以收容五十只战船的一队，有两条坚固的防浪堤保障着它，这两条遗迹即在今日也都还可以看见在清澈的水底下。

南边一带海岸上点点的都是富有人家的房屋，每所都建立在繁茂的花园中间，每家各有自己的水井，水从这里边汲出来，用了一连串的瓦罐，和一个木制的大齿轮相连结，由一头驴子或是牛拉着团团的转。这些轮子的轧声，像是一支无穷尽的游行歌，乘着轻风吹到城市里，在那里与海的喧声和街上嘈杂的人声相混，成为一种低音在空中飘荡着。

那里也有些树木荫盖着的房子在山坡上边，这些山坡上去便接着后面高山的荦确的屏障，从山顶左近的岩谷中有小的水流，冬天时在岩石中间汩汩的流下，一直到并入下边的海里去，在夏天只剩白的圆石和沙砾的干的河床，五六月间两边都是盛开的夹竹桃，可以看出从山边曲折的下来，有时沿着险峻的马道，有时失落在橄榄树林的银灰色密叶之中，或是在更为茂密的私家园林的树下，看不见了，有时又或通过开阔的地面，那里在散开的无花果树，石榴树，桃金娘树与桂树之间，这边一株那边一株的耸立着暗黑的卷柏树，仿佛是步哨的样子。再往上走去，在这些山泉发源下注的地方，那岩石重叠的地上生着许多的山花灌木，有香气的植物，这些香味在高地的清爽的空气之中有似香烟一般。

每天下午，太阳很早的走过到群山的壁后去，市中的房屋早晨在阳光中辉耀，在暗黑下降之前却有几小时包在阴影之中，这富庶的小岛上的高城是唯一建筑物，最后受暖和的日光的接触，所以每天里在一短时间内是一座黄金的殿堂，像是一只皇冠，在碧色掩盖的城市上。但是那通常吹着的北风，在米都勒讷的市街中很凉爽的直到日没，这时在昏黄中就停止了。所以夜间在夏天是暖热，在冬天则常是温和的。

微忒鲁微乌思生于该撒大将的时代，又是一个都市设计的权威，曾诉苦说，冬天的这北风在此地是有时那么的冷，使人觉得站在市内的屋外空地时很不好受，在夏天又没有什么可以避免从南方来的热风，现今的访问客或者有时候也会得对于这古人的苦言感觉同意。可是整个的说来，那气候是理想的，虽然那里有偶然的雨，虽然如亚耳恺阿思在他的一首诗里所说，山间的流泉有时会冻，冷风吹啸，但是这城市在那时候，现在也还如此，总是一年的大部分享受那无云的晴天，仿佛无穷尽的继续着，那时海与天都显得不可信似的青碧，太阳的热气被轻风的凉爽所中和，那时小亚细亚本陆的群山隔着海水在清明洁净的空气中明白的映出来，城市后方的勒斯婆思山上，树木异样清楚的各个排列着直到山顶，在那里沿着天的一线真是每株树都可以数得明白的。

米都勒讷左右两边的乡间，看了很体面，走去散步也极愉快，特别因为隔海眺望小亚细亚海岸的景色是非常的美，这包括那山国的一大片，从北方的伊达山和忒洛亚一带以南方的斯缪耳那地方的忒摩洛思山脉。沿着勒斯婆思的海岸，那里有许多小海湾和躲在岩石中间的更小的海港，正在这些沙土的小湾上面的荦确的山坡上，有一群群的松树，或者有橄榄树林展布到山边去，在这岛的东面是很多橄榄树的。在这斑驳的树阴底下，左手是碧海，头上是青天，你可以朝南一直走上七哩路到玛勒亚岬，那是岛的西南的尽头。往北去，走过些别的橄榄树林，那道路走向德耳迈，离米都勒讷十哩远的一个小镇，那里有药用的温泉，归那女神亚耳德米思的保佑的，每年给她举行一次重要的祭祀，这一直保存至于现代，化名为基督教的圣君士但丁的祭日。

在西方遮断米都勒讷的群山的后面是一个大的海港，有十哩长，三哩多宽，叫作希卮拉湾，在这湾头有一片芦苇的沼地，夏天的空气中充满了各种昆虫的飞鸣声，以及成千的飞窜的蜻蜓，正在这沼边是那希卮拉渔村，后来也成了一个大的市镇。那里也有温泉，在围绕着这碧绿像是湖水的海港的小山脚下，沿着沼地是许多栗树林，到了春天树底下的地面铺满了地丁和白头翁草，白的、粉红的、深红的、紫的。那地方大概向来是从米都勒讷出发一日行乐的目的地，到这里来的路上，上山下谷，挤满了祭日休息的游人，在地阿女西亚即是地阿女索思大祭日的时候，这在勒斯婆思是一年中的最重要的事情。

这海港的西面矗立着勒斯婆思的阿棱坡思山，这山有三千呎以上高，那不毛而巉岩的白石山顶，冬天罩着雪，映着青天很威严的立着。米都勒讷及其近地的居民常于宙斯的祭日上阿棱坡思的顶上去，那条路曲折上升，通过富于木材的山谷，满是那些巨大的筱悬木，树干上多凸出的木节，弯曲成奇形怪状的，又向前走过那绿色牧场，野花乱开，特别是蓝色的海葱和黄色的叫作伽该亚的植物。再上去是松树林，在林中强烈的有香气的空气里梅花鹿自在的跑着，从这些树的空处往下望，东面可以看见希呃拉湾的静止的海水，西北则是别一个深湾的水，即是匹耳拉湾，以及建在湾头的同名称的城市。

匹耳拉城是建在照影在湾水内的一个峭壁似的山上，周围环绕着橄榄树林，上边是栎树与松树，此地有名的东西有贝类，从海边和浅海采集来，又有野鸭，平常聚集在沿着湾岸的芦苇丛中。这城市是勒斯婆思岛的顶重要五城之一，但是与米都勒讷隔着十六七哩的一程路，它同呃勒索思一样也过着它独自的生活。安帖萨城也是如此，这在阿棱坡思山上可以望见，在呃勒索思之北，西格利恩岬的后边，同样的还有默都木那，是勒斯婆思北海岸的一个城市，在阿棱坡思山北方二十哩。默都木那在地位的重要上只次于米都勒讷一等，建立在本岛最肥沃的土地中间，它的葡萄园很有名，葡萄酒非常为米都勒讷的赏鉴家所称赏。这城是建造成一层层的台地，沿着山坡上去，在那顶上矗立着俯瞰全市的那高城。

从阿棱坡思山上可以得到小亚细亚邻接各邦的一

个伟大的展望。正与勒斯婆思相对的本陆叫作埃阿利思，那里住着与移殖到勒斯婆思来的同样的埃阿利亚人，沿海岸一带分散着十一个主要的城市，自己结成起来成为一个埃阿利亚联盟，市民们每年一次聚会在斯缪耳那，在米都勒讷南方的六十哩，举行他们每年的全埃阿利亚祭日，也有好些勒斯婆思的同族人前去参加。斯缪耳那本来是联盟的第十二城市，但是后来它加入了伊阿尼亚联盟了。这十二城市都可以从勒斯婆思的阿棱坡思山上望得见，这是友好的城市，说着同勒斯婆思人一样的一种希腊方言，有同样的风俗习惯，可是在它们后面是缪西亚与吕地亚一带外国的土地，向东一直展开去，吕地亚的首都是萨耳地亚，是富饶有名的地方，在忒摩洛思山脚下，在米都勒讷东南八十哩。

埃阿利思以南，沿着小亚细亚的海岸，那里有十个伊阿尼亚的城市，这与斯缪耳那以及吉阿思萨摩思两岛，组成一个伊阿尼亚联盟，与埃阿利亚联盟相当，每年举行一次全伊阿尼亚的祭日，在萨摩岛对过缪卡莱岬上的坡舍同庙里。伊阿尼亚人与埃阿利亚人一样的是希腊来的移民，只是他们说的一种方言与埃阿利亚人有点不同，他们的习惯风俗也不全是一样。有些城市可以从阿棱坡思山上望见，至少那成为城市背景的群山，在辽远的地平线上可以看得清楚。再往南方去，几乎在目力所及之外，是卡利亚地方，远在海岸的前方则是那罗台思岛。在那左近有几处陀利亚的移民部落。

这是当时的环境，那时小萨波同了她的母亲和小兄弟们走过了三十五哩的路程，从呃勒索思来到米都勒讷沿着通过高地松林的道路，那里急忙的来往着许多甲士和走卒。这家族大概定居在一个男亲族的家里，他就成为小孩们的义父，这种常是有的，可以说明一个人有时有两个父名，或者斯卡曼特洛女摩思是萨波的父亲的真名，而欧吕瞿阿思乃是保育她长大的叔父或是亲戚的名字吧。

在她的儿童时代战争状态继续存在着，时有雅典军袭击海岸的危险，因此海边一带的别庄都被放弃了，我们可以想象萨波的新的家坐落在城市后方的山坡上，大概这是建立在那些下临市街的风雅的花园之中，一层层的台地都富于花木，望得见隔海的美景，海面上有勒斯婆思的战船前后行动，准备迎敌。

我们不知道埃阿利亚的女子几岁算是结婚年龄，或者像陀利亚人一样，她们不到二十岁左右是不预备出嫁的，但总之萨波似乎不想早早的去找到一个丈夫。那些有资格的青年男子自然那时多是出征去了，否则是在这危险的时候在替本国服务，或者新郎因此很不容易去找。而且萨波没有那种可以吸引普通青年人的美貌，又根据一种传说来讲，她还实在是丑陋的。她的眼睛和头发是黑的，她的皮肤是浅黑的，这都超过那时希腊的时见所赏识的程度，她又是那么的小，有点儿不适宜于做母亲，阿微特在诗中使她在晚年说道："假如乖戾的自然不给我美，我将以智慧补足我这形体上的缺陷。我是矮小，但充满宇宙的声名乃是我的。"注释家在路吉阿诺思的文章的一节下说她是"很丑陋，因为小而且黑，像是一只夜莺，她的小小的身体上盖着不美观的羽毛"。

可是那里也有一种"丑"，在慧眼看去正是同美一样的可爱的，在自然破坏了人所规定的安全的标准之一切法典的时候，她有时会得创造出一种不可抗的新奇来，无限的复杂，因为这是独特的与无比的。萨波被人称说有一个很甜美的笑，又据某种看法她的黑头发似乎其中有那青紫的颜色，即是希腊人所谓像是暗黑紫罗兰花的。实在她的动人的地方大部分是在她的不可捉握的爱娇，优雅的姿态，以及法国人所谓漂亮的某种灵敏上面。显然的她是很讲究而有洁癖的，凡是在这些性质像她那么的与一种深伏潜烧的热情并合的时候，这在她的眼睛里发光，在她的诗里自由的说出，有人说“她的话是带着火焰的”，在那时候，那世俗的法典是没有什么关系的了。她的小身材的内在的美大概在这早年是隐蔽着，不曾为勒斯婆思的青年战士所发见，可是有如英诗人斯温朋所说，我们一面说那“小而黑的身材之勒斯婆思的美丽，这是有永久的火的”，但是同时我们也不想否认那传说，说她是丑陋的。

在米都勒讷却有一个人，是一个留着胡子的贵族出身的青年，他发见了那正在长成的女性有引动男子的心的力量，但是正如我们所期待的，他自己也是一个与众不同的人物。他就是后来的诗人亚耳恺阿思，比她更大几岁，刚才很没有名誉的从战场回来。被逼到西该恩的城下苦战着的时候，他丢下兵甲，撒腿就跑，雅典人便把他的装饰华丽的盾祭到本地的雅典那庙里，得意扬扬的挂在祭坛上头，当作一件战利品。

他是一个随随便便的人，他用韵文写了一封有趣的信，送给住在他家族所在的米都勒讷的一个朋友，里边说道：“你的亚耳恺阿思是平安的，你看这信可以知道，只是他的兵甲是不见了。他的无敌的盾，实在是雅典人拿去挂在那青眼女神的前面了。”这是一篇自白，或者可以算是最早的文献，那些勇敢的人玩笑的说到他们自己的不像军人的行为，这在现代很是通行当作不值钱的英雄诗之一帖解药。他并不是一个懦夫，后来他还确实证明是一个剧烈的爱国者，常是搅在反叛事件里，总是卷在随时发生的政变中间，只是有如好些聪明人，他并不怎么看重矜夸与威严，觉得自己逃命的样子，在他的意见里比看见他的死体躺在光荣的战场上，更为可取也未可知的。

罗马的基开隆说他太过于闹恋爱，又说他虽然是对于女性很是殷勤的少年人，可是关于这题材他写的很荒唐。诃拉帖乌思告诉我们，他唱着情歌上去打仗，他在风浪凶恶的海上航行的时候也唱这些歌。而且他饮酒又太过度，那酒就混进到他的大部分的诗里去了。这是实在的，在他不是攻击专政，或是鼓励他的同国人去为了那叫作自由的那难期实现的社会状态而战的时候，他的诗便都是讲酒与恋爱的。

因为是这样气质的一个人，他渐渐的在那奇异的矮小的萨波身上，她大概是相识有几年了，看出了那逼人的牵引力，这在感觉较钝的人都轻易看过了。有一天他写给她一封简短而有意义的信，又是用韵文的，意云：

> 紫罗兰发与甜笑的天真的萨波，我想要告诉你一点事情，只是羞耻阻止了我。

可是萨波对他没有什么意思，显然是已经听到了他的那些恋爱的故事，对于他的招呼并没有觉得什么喜欢。她在那时似乎是特别谨慎的女子，所以用了一首很稳当的小诗回答他，这大概是她最初试作之一吧。诗云：

假如你所要说的话是正当的美好的，你的舌头并不预备着什么恶的事情，那么羞耻不会得把住你，你只说出来好了。

她显然是很满意于这韵文的回信，在希腊语里是写得很美妙的，后来她把它编在她的诗集里一起发表了，于是这便成为一个模范，教给闺女对于一个自称恋人的踌躇的接近应当怎样的回答，而且这件事情还曾经由一个有道德心的上代艺术家绘成图画。

亚耳恺阿思却是并不因此挫折，他还继续的用诗去追击萨波，用夜曲短歌赞美她，每年他被招赴宴集，唱歌娱客的时候。可惜这些作品都不存留了，除了一个断片，中云："请你，请你接受，接受你的夜曲。"但是三世纪后一个科罗彭地方伊阿尼亚系的诗人，赫耳美西亚那克思曾说，那些诗很有意思，这句话被引用在雅典柰阿思的书里。

亚耳恺阿思的诗人的声名日益发达，他又这样的在引导大家的注意集中于他所心爱的人，这似乎使得萨波就是在这早年也已成为米都勒讷的一种人物了，而且那时她也开始写些很美妙的诗歌，她的家族所属的贵族圈子里人们自然看她有了一种新的兴趣。在她十七岁时，这就是基督前五百九十五年，她在米都勒讷的青年闺秀中间似乎已经确立地位，成了一个最为出色的人物，虽然她缺少容貌之美，但是她的特殊的动人的爱娇无疑的已为公众所注意。她的女友们把她当作她们的女主人公，因为勒斯婆思的埃阿利亚系的女人享受着极大的自由，她们在社会上活动差不多与现代的西方妇女没有什么两样，所以她能参加岛上的一切事情，占着一个主要的地位。

在那时候，战事已经拖长至十年之久，两方面都没有确定的胜利，勒斯婆思方面虽然更是吃亏一点，大家对于这事一定是都已厌倦了。许多的青年人是战死了，那些生存下来的人大多数大概都急于想结了婚安居下来。萨波虽是因了亚耳恺阿思的不被报偿的忠诚得了名声，可是对于异性似乎并不表示什么特别的关心。我们可以猜想，这场战事使得她更习惯于和别的女子们的亲密的交际，而且在她洁癖的天性上，对于那时代青年们的尚武与好战的行动是不感到同情的。这并不是她厌憎男人，因为这须得记住，她末了是为了爱一个男人而死的（案：此指她跳白岩的传说，但实在这是靠不住的），但是这很可以理解，她一定觉得那些青年战士，刚从战争跑出来，未免太是粗鲁一点，因为她由于当时的情势是向来习惯于女性的社会的。

假如她的妙年长成的时期不是与对雅典的十年战役同时，勒斯婆思的青年们不是都走去打仗了，那么她感情生活的倾向大概要大不相同：她的诗或者也不会得被烧毁了。

附录甲：关于萨波与亚耳恺阿思的图象

序说第四十八节叙述六种画有萨波的希腊瓶画，其第二则是说一只克拉退耳的，这在中国古文中称作盉，是用以和酒，即是使酒与水相和的大碗，是基督前第五世纪的制作，上边画着萨波与亚耳恺阿思，其说明如下。

同上边的瓶年代相密接的是从亚格利耿通出来，现在牟尼克的那壮丽的克拉退耳，上边画着亚耳恺阿思与萨波，记有名字。在二人中间，直行写着这一行字云达玛卡洛思，意义不明。亚耳恺阿思是在左边，并着两脚站着，左手拿着一张七弦的竖琴，右手里是一个弹琴的拨。他低着头，嘴里显然是说着话。他似乎在萨波面前有点害羞，萨波拿着同样的竖琴和拨，但是她的琴略为斜放着，脸上带着一点严厉的颜色。她显然正在背过亚耳恺阿思，将要离去。亚耳恺阿思长着胡子，他的头发末端打着圈拖下在他的颊边颈下，其馀的除额前一缕之外都用带子束好，带子末端的两个缒子挂在脑后。他穿着一件绣衫，上面的外衣从右肩披到背后去。萨波穿了一件衫子和罩袍，右臂露在外边，她戴着项圈，显然也有耳环。她的头发也用一根带子束着，她戴了一个薜荔叶的花鬘。两绺头发拖到她的胸前，一在右边，一在左边，背后一条编发直拖到她的膝盖以下。带子束不住的她的额上的散发，成为一排流苏似的模样。

这图画平常很有理由的被当作如断片第二十七节所说的那事件的描写，说亚耳恺阿思对于萨波有什么不相宜的请求，被萨波用了巧妙的责难的话所拒绝了。假如这真是如此，这陶器对于我们是非常有意思的。我们如能假想亚耳恺阿思与萨波会在同时被流放到西基利亚去，那么就可以凭了空想以为那事件当发生于西基利亚，这样便在亚格利耿通地方被画到陶器上去了。

案陶器的那一面也是画的他们两人，但是与上文所说的事件无关，所以从略。序说后来说及陶象陶板，第七十节所记的一种，也是关于这事件的，可以备考。

陶板浮雕中表现萨波或者以为是她的，现在只有两件。在不列颠博物院的一件上表现出一个女人坐在右首，左手拿着直竖着的七弦琴，左手一个拨。她的对面是一个有胡子的人，用左手抓住了她的竖琴，右手是什么莫名其妙的东西，他略为屈着身子，眼睛向着下面，她则是目光坚定的望着他。一根带子束着她的头发。后面的髻似乎是包在网巾里边，这似乎显有理由，可以看出这里的两个人是亚耳恺阿思和萨波。他握住了她的竖琴，作为一种求免于严谴之表示，这种姿态似乎在亚格利耿通的瓶画上也可以看得出来。此陶板发现于美洛思岛，时代约在基督前四八〇至四六〇年之间。

案上边所说的两种图像在海恩斯书中都有插图，韦格耳书中收有陶板一图，只是图中女人坐在左边，与这里所记不同，仿佛是其反面，难道陶板有两面的么，或者如此也未可知，只可惜韦格耳不曾有什么说明。

附录乙：萨波原诗的译文一

集二七：

地丁花鬘的，清净的，蜜甜的笑的萨波，我想说什么话，但是羞耻阻止了我。

假如你有善和美的愿望，你的舌头也不混着坏话，羞耻不蒙住你的眼睛，你就能老实的说出。

案萨波与亚耳恺阿思赠答一事，虽然流传很古，大概并不是事实。据韦格耳说这是在雅典战役中的事情，计战争终了时萨波才十七岁，又说答诗当是初次试作之一，可是所谓亚耳恺阿思的赠诗是用萨波调写的，那时萨波还是初次出手写诗，怎么会得已经有这调呢。就是如海恩斯猜想，这是流放中的事，萨波二十一岁去乡，二十六岁回来，如说这萨波调已成立，似乎也未免稍早一点，总之这些事多是不可考的，因为事情有意思，脍炙人口，成为美谈，硬要破弃有时也觉得可惜，但如欲作为史实，那是常有许多困难的。大概这只是假设二人应答之词，有如中国之士与女，表示恋爱上复杂的万花镜的一方面，原不必要真实的人名的吧。

萨波和她的女伴们[①]

萨波与米都勒讷的流放的贵族们回返故乡，大概是因为披塔科思那时候霸主的地位已经很是稳固，又获得一般人民的好感，所以不再怕有什么政变的发生了。（案本书第七章记“萨波之西基利亚的流放”，云米都勒讷的贵族反抗霸主披塔科思，被流放境外，萨波也在内，居于西基利亚大约五年，至西历前五八六年乃被允许回乡，时萨波年约二十六岁。）这也可以猜想到，他的贵族出身的妻子从前在城市间有权的人们中间有过许多交情，这时很可以给披塔科思帮点忙，去做个中间人，给他与反抗的贵族们接洽谈判，总之他自己并不怀着怨恨，似乎很情愿和他们成立友好的关系。这个态度可以从这一件事情里看出来，就是他现在许可萨波的小兄弟拉利戈思，这时大约是二十岁，

【原注】

① 原第九章。

去充当米都勒讷城议会堂公宴时的执爵人，——这种职务，很带有些荣誉，平常是只派给有最高的社会地位的青年去充当的。

萨波已经很有声名，是一个女诗人，又是异常高雅出色的人物，这个对于她兄弟的特殊待遇差不多也就是对她表示一种敬意，特别又因为她现在是很富有的女人了，——假如我们不以为她丈夫的财产为了什么缘故她不能得着，这却并不像是如此，我们如看她的诗里说及她生活的华美，以及有好多侍婢等事，便可明白。

在这样顺遂的环境之下，她开始来从她的同阶级中，我想这是偶然的，并没有一定的计划，聚集好些少女到她的身边来，她对于她们，算是一种事业，教以她所擅长的各种艺术，这就是作诗，音乐和舞蹈。她是一个抒情诗人（案原意是琴歌诗人），她时常唱她的诗，配合着她自己所弹的竖琴，她自然也很喜欢教别人这样的做。和音乐合拍的有节奏的举止，表现随了诗的题材而引起的感情的姿态，在她是习惯的有时是自然而然的，而且她似乎有这一种的才能，去教她年青的朋友怎样的在言语和举动上显得优美，所以有些母亲们都很希望自己的女儿们能够得到她的照顾。她在那时候也还不过是一个年青女子，可是从流放回来，她有那么大的名声，富有，有思想，有才艺，高雅优美，米都勒讷的闺秀们随即都承认她为她们时流社会中的最高人物，谁认识她就是一件荣誉，被她所认识是社会和艺术界的一个特典。有罗马的古史家说，她是一个年青女人的奇迹。

萨波说起那些聚集到她家里来的女子，叫作她的女伴们——赫泰赖（Hetairai），这个字听起来有点不顺耳，因为后世用它来指那些有训练的官妓，她们常是希腊富贵人家的外宅，但是在当时却还没有这些意义，这可以译作什么密友之类，多少带着一点柔情在里面（案此字原为赫泰洛思的女性多数，意云同伴，朋友）。所以我推想她并不以学堂或学院的女师自居，如世间一般所信，而且她自己大概也从头本不想人家把她当作教师看，周围聚上一群学生或是弟子，因为假设如此，她便不会得叫她们作她的女伴了。事情大抵是这样的，她的立场全是个人的，并没有什么艺术的或教育的风习的拘束，她只是喜欢有这些比她年青的女子聚集在她周围，随意利用她的愉快的住房与花园，互相竞争地替她做点小事情，崇拜她当作她们的理想人物，有时候也从她学习点什么，正如去从一个较为年长也比她们自己伶俐得多的朋友，学得一点早已有名的勒斯婆思岛文化的精粹，萨波从流放回来熟知西基利亚和叙拔利思生活的精华，这自然又可以加进在里边了。

有人或以为在她的后年她才这样的有名，其实是不然的，到了她中年时期，声名更达到了极点，可是由我看来她很早就以漂亮知名，那是无疑的，因为她自己后来讲到这时期，说她的“女儿生涯正是花时”，又回看过去那正是“华美的青春的盛年”（附录乙一）[1]。各人都在讲她，她的声名不久便传布到乡近各地去了。例如有一个女子，被送到米都勒讷来放在她的身边的，名叫亚那克妥利亚，根据苏伊达思的词书说，是从小亚细亚的米勒妥思地方来的，虽然他把她的名字错写作亚那戈拉，还有些证据可以知道她和萨波接近正是在这时期起始的。

这远播的声名不久就给她招来了一个美丽的柔弱的少女，名叫瞿林诺，或是瞿林那，大概可以推定即是女诗人蔼林那，据苏伊达思说是萨波的同时人，虽然欧色皮阿思把她的时代定得较后，显然是把她同别一个人混错了。她的家——假如上面的推定是可以成

【锺校】

①“附录乙”即《萨波原诗的译文二》。本篇中之（一）（二）……均可与《萨波原诗的译文二》中之（一）（二）相对应，可参看。

立的话——是在德洛思，离罗台思不远的一个小岛，在小亚细亚的西南海岸。她好容易才说服了她的母亲，让她到米都勒纳来，在那里似乎就住在萨波家里。她住在那里时写了些诗，其中有一篇三百行的史诗，题曰《纺竿》。这诗现在已经散逸了，只剩下不重要的若干行，可是在古代却很被看重，虽则这是用了罗台思岛通行的埃阿利亚与陀利思两种方言的混合语所写的。萨波所作下列的两行称赞的诗大概是对她说的：

> 我不相信日光之下有这样女儿，在艺术上可以和你相比。(二)

都洛思的玛克西摩思说，这个柔弱而可爱的少女对于萨波，正如亚耳吉皮亚台思与梭克拉底一样，虽然这种浪漫的关系究竟到若何程度，那都隐藏在那些诗篇内，至今埋没在古代的尘芥堆里，或者要永远地埋没下去也未可知。但是她们的关系，无论是怎样，终于悲哀的结束，因为那少女只是十九岁的时候，她这热情的燃烧着的微细的灯火忽尔衰微了，熄灭了。在希腊诗选中有一首关于她的诗，据西蒙士译本如此："这些是蔼林那的诗，多么美妙而且微少呀！因为她才是十九岁的女郎。可是她比一般男子写得更好，假如死不来临，谁的声名及得她来？"她的诗大概多半是由于她的奔放的爱情所引起的，后来世间以为这于公共道德上有害，乃被基督教会连同萨波的诗一起拿去烧毁了。

达摩毕拉是从小亚细亚南海岸的帕木毕利亚来的，也是个女诗人，虽然她的诗并无一行流传下来，也曾在米都勒讷暂时住在好客的萨波的家里，她在那里写些情诗，又有几篇对于女神亚耳德米思的颂歌，是根据那女主人的诗而编作的。她似乎也像萨波一样，常为她同性之美所感动，至少据说她后来也在身边聚集了些她的女伴，这或者可以看出她的感情的倾向，无论是隐藏的或是显现的，总之是在于同一的方向。别的四个女子从外方来加入萨波的团体的，她们的名字是呃贝索思左近科罗彭地方的刚瞿拉波恺亚的帖玛思，关于她的事我们还要说及（案：见附录甲一），雅典左近萨拉米思的欧讷卡，以及安特罗恩岛左近瞿亚拉的赫罗，在现今保存着的残诗中萨波曾说[①]到她，叫作“那快跑的小女儿。”（三）

此外的女伴我们知道名字的，显然都是勒斯婆思的本地人。亚谛思，她的事情我们现在知道得很不少，泼拉克西诺亚，美丽的屈特罗，德勒西拔与默伽拉，她们同亚谛思都特别被苏伊达思所提出，说是引

【锺校】

①“说”原作“话”。

动萨波的那奇异浪漫的感情的人，可是因了萨波的诗的毁灭，此外一切关于她们的资料也都不可得了。木那西地卡，简称为地卡，在萨波现存的残诗中有两处曾说到她。其一是在赫拜斯帖恩所引以证明某种音律的一句里——

木那西地卡姿态之美过于娇柔的瞿林诺。(四)

其二是四行诗云：

但是你，地卡，拿你纤柔的手指去用茴香的小枝编一个花鬘，放在你的美发上，因为有福的慈惠神女一定是惠顾用美丽的花装饰的物事，却不理会那些不着花鬘而来的。(五)

萨波对于亚谛思的悲剧的恋爱的一幕，现在想要把它贯串记述出来，这一件事平常给她写传记的人大抵很感到迟疑犹豫，生怕在这甜美与悲哀之间混着什么毒质，怀疑那毒，因此也就怀疑自己，知道这确是恋爱在发挥出压倒的光辉，却又觉得这恋爱并无自然的本质可以明证其应有那些狂热，或可以引起一般寻常男女的同情的。亚谛思是一个年青少女，萨波则是二十几岁的女子，在那事情开始的时候。苏伊达思说："她们为一种爱情所束缚，这被世间毁谤地称为可耻的。"这一定是为了这种毁谤，萨波的诗——有许多是对亚谛思说的，——所以被焚毁了。可是这些诗，从前使得古人五体投地的佩服的，现在有一部分发见了，我们现在知道，我们读了这些不能不感动，那么有谁会得这样说，这些诗大部分的毁灭，乃是有益于世界，而不是从世界上夺去了一种美的东西呢？美不是依了规则造出来的，这也不能一定做成某种模样，嵌入善或健康的定型内去的。

我讲这故事是从许多来源凑集起来的，从有些古代文人著作内零碎的引用文中，这大都是用以说明一点文法的例，一个字的少见的用法，或一种风俗的，又从现在发掘出来的逸诗断片中得来，但在这些中间总算可以得到些结果，这故事的梗概是可以明了了。在她们最初遇见的时候，亚谛思还只是一个年青的女学生罢了，因为后来萨波在诗中说："我爱你，亚谛思，在很早以前，那时我自己的少女生涯还正是花时，你在我看来似乎是一个羞涩的孩子。"（六）但是时光过去，她长成为美丽的年青女子，在女伴中最有前途的人，这大概是在她到了结婚年龄的那时候，她才完全占据了萨波的心思。她自己的态度很明白的显示在她给萨波的一封信里，这在近时才发见，是一部分看不清楚的一种西历七世纪时的手抄本。仿佛是萨波带了她的女儿克莱伊思和几个少女，连亚谛思在内，在暑月中间到阴凉多树木的山边去住，或者是勒斯婆思岛上的阿棱坡思山坡上。但是到了秋天，栗子已熟，空气也寒凉了，萨波还不大肯回到城里来，虽然她的年青伴侣已经厌倦了田野生活，都很想回到米都勒讷去了。有一天萨波终于答应她们明天带她们回家，可是清晨已经不早了，她还是躺在床上，亚谛思急于要走，写了一封信给她，我想这常是由一个使用人送去的，后来萨波把它改写成一篇韵语。其文如下，原有残缺，是经哑特蒙士订补而成的：

萨波，我立誓将不再爱你了！啊！为了我们赶快起来吧，把你的身子离开了床铺，像池边的清净的莲花一样，脱去你吉阿思的睡衣，到水里去洗浴吧。克莱伊思将给你从箱子里拿出一件郁金衫子来，和一件紫袍，在你身上加一件披风，又用花朵给你头上戴上花鬘，这样你将走来，那么的美丽甜蜜，使我看了发疯。泼拉克西诺亚将给我们煨些栗子，我可以给女郎们一顿盛大的早餐，因为诸神中的一位准许了我们一个恩惠。正在这天里，萨波，她是女人中最甜蜜的，曾经答应了，像是一个母亲带了她的小孩们，她将带我们回到米都勒讷，那是城市中最可爱的城市。

（七）

她们回到城里来的时候，亚谛思渐渐遇着种种的少年男子来献殷勤，萨波就很感到妒忌，她对于这美好的少女的热情如今是炽烈极了。似乎是在这种心境之下，她写了那篇有名的诗歌，这诗被引用在三世纪时的希腊哲学者朗葛诺思所著《崇高论》之中，幸得保存，其词云：

我看他正是神仙中人，他和你对面坐着，近听你甜蜜的说话，和你的娇媚的笑声，——这真使我胸中心跳怦怦。我只略略望见你，我便不能出声，舌头木强了，微妙的火走遍我的全身。眼睛看不见什么，耳中但闻哄哄的声音，汗流遍体，全体只是颤震，我比草色还要苍白，似乎已将与死相近。但是我既是这般不幸，我终得拚受这些一切。……（八）

此诗向来以为是关于亚那克妥利亚的，但或者以写给亚谛思更为近似，因为在别的有些诗中看出来，亚那克妥利亚乃是亚谛思的特别的亲友而非是萨波的。（案：关于亚那克妥利亚，见附录甲二[①]。）

朗葛诺思对于此诗注释云：

萨波把这些都装进诗里去，灵魂与身体、听

【锺校】

①“附录甲二”即《关于亚那克妥利亚》。

觉、言语、视觉以及肉体，都是各个分别似的，又相反地是冻了烧了，是狂易又清醒，她真是怕与死相近了，这样她不是表现一种感情却是好些感情的会合。

关于这事，泼鲁塔耳戈思（即布鲁达奇）也说道："萨波真是应当算在艺文神女之内。罗马人说伏耳卡奴思（案此系火与锻冶之神）的儿子卡库思，怎样地从嘴里喷出火与焰来，萨波说出话来也真混着火焰，借了诗歌发泄出那烧尽她的心的火来。"

在这时候，米都勒讷有一个教授诗与音乐的学堂，那女主人是安特罗美达，教师之中或者有一个是叫作果耳果的女人，乃是为萨波所弃的旧友，有一行诗留下来说到她的事："我很厌倦了果耳果。"（九）这安特罗美达就开始来运动亚谛思，叫她离开萨波，女诗人知道了非常烦恼，写了些诗给她所爱的人，在雅典奈阿思书中引用有一小片，注明这话是对安特罗美达而说的：

这个乡下装束的乡下女人是什么呀，她蛊惑了你的心，虽然她自己还不知道怎样整理衣裳去包她的腿？（十）

可是亚谛思听了那蛊惑的女人的话，决心要往那个学堂去了，于是那伤心的萨波写诗给她，引用了在她们将要从山上回到米都勒讷的那天亚谛思所写的信里的话，又说道："可爱的亚谛思，那么你能够忘记在从前遇见过的这些一切么？"（十一）又在别一篇诗里，大概也是给她的，萨波说道：

> 我看你的时候，觉得赫耳米阿讷（海伦的女儿）还不能比你，这应当将你比作海伦她自己，不能是别的人间的女儿。我告诉你，我将以所有的心思作牺牲，供献于你的美，将以我所有的感觉来崇拜你。（十二）

或者为了这些话所感动，亚谛思暂时回到她这里来，因为在四世纪中罗马皇帝背教者友利亚奴思写给他的友人扬勃利亚思的一封信里，保存着一节引用的话，意云："正如美的萨波所说，你来了，一切都好了。我在想望你，现在你使得我的心发出火焰，以爱而燃烧着。祝福你，我说：'三度祝福你，因为你和我分离得那么长久了。'"（十三）那原语大概是对亚谛思说的，还有别的一行萨波的诗，因文法上的关系为赫罗地亚奴思所引用的，也是如此："好人，我现在被带回来，到和我那么睽隔的你那边来了。"（十四）

但是亚谛思不再爱她，而且我们可以推想，她的父母或是保护人是在尽力想把她们分开，有赫拜斯帖恩所引的四行诗表示出萨波的悲哀来:“爱那解散肢体的,在摇动我,——那不可抗的,那苦甜,但是你,亚谛思,你恨得再想念我,却跑去到安特罗美达那里去了。”(十五)

萨波对于安特罗美达的愤怒是极猛烈的,在两篇现存的断片中或者可以看出来。其一是那挖苦的话,说“安特罗美达做了一件好生意。”(十六)其二是六世纪时斯妥排阿思书中所保存的一节嘲骂的话,说明这是萨波对了一个“乡下女人”所说,在这里我们不难看出即是指那乡下佬的安特罗美达,不能正当的整理她的裙子的:“在你死的时候,以后将不复有你的记忆,因为你没有披呃利亚的蔷薇的份儿,但是你将朦胧地在死之家里游行,在被遗亡的死者中间到处漂泊。”(十七)披呃利亚是古来相传的诗歌的家乡,披呃利亚的蔷薇即是该诗的文学。

亚谛思想要说明她行动的理由,这时萨波写给她道:

> ……她哭着离开我,她说:“呵呀!我们是多么受苦呀!萨波,我立誓对你说,我离开你是违反我的本意的。”我答说道:“你去上你自己的幸福的路程吧,但是记念我,因为你知道我是怎么的爱你。或者,假如你记不得,让我提醒给

你。你所忘记的事，这就是从前我们一同所过的生活是多么可爱而美丽。你常用了多少香美的地丁和蔷薇混合编成的花鬘去装饰你长的头发，坐在我的身旁，将多少百花织成的项圈去围绕你小的颈子。又用了各种香料，贵重而且是御用的，你常去熏香你的美的身体，靠着我的胸前。靠在华美的床上，你又常去从我的温良的侍婢手里，拿到那些最是讲究的伊阿尼亚人所想要的一切物事（原注，伊阿尼亚人向来以奢华著名）。在那里没有一座小山，一个圣林，一条川流，我们没有一同走到过，又或在夜莺合唱，树林里全充满了早春的声音的时候，没有一回不是你和我一同到那里去逍遥。”（十八）

在这原稿末了，却来了那悲伤的叫声，“我再不能看见亚谛思了，真的我还是死了倒好吧”（原注，此诗中亚谛思中名原缺，但依照韵律，此一字正相适合）。

可是这里有一种天所赐给各个诗人的消愁的药，即是将心中的悲哀放进诗歌里去的能力，他把感情的秘密的骚乱，创成一篇故事去说了出来，这个公开的说了之后，也就除去了诗人的私秘的隐痛了。萨波用了美妙的诗句，这在当时一定是足以风靡一切的，叙述她对于亚谛思的恋爱的故事，发表了给大家去读，包括那整个情节，因了她的不可模拟的技术，披上那丽而洁净的轻纱似的外衣，所以就是她的那生理的感情的描写，一般的人要觉得难以容纳的部分，也没有一点什么触犯。这是关于她的诗的那一种可以特别注意的事，它决无触犯，即使它说了好些在别人说来没有不要触犯的事情，她却是依了她那正确无误的本能，带了我们通过了她的热情的洪水而了无沾污，即使我们看出来，很明显地那亚谛思的关心的保护人把她从萨波身边硬叫去了的时候。这样地她所以保存了古代的声誉，被称为人间所有的最精妙的精神之化身。

从这时以后，她知道像她那么的去爱是在招寻悲哀与痛苦，那个常用以形容爱神的字“苦甜”，显然是她所创造的。她说，爱是“虚事的织造者”又是“带来痛苦的使者”。（十九）她说：“至于爱，爱摇荡我的心，像是从山上吹下的风落在栎树上面。”（二十）可是她还称爱为“地与天的最被爱的儿女”。（二一）

上面所说大概已将萨波的生活讲到西历前五百八十年左右，那时她的年纪是三十二岁了。在这时期，米都勒讷的霸主披塔科思放下政权，觉得他已渐渐年老，对于公众有用的时期已经过去，他就退休下去了。米都勒讷的公民纪念他的勤劳，赠送他一座好房子和产业，但是他只肯收了一部分，把其馀都捐给了神庙。据书上说，他这样度着隐居生活，又过了十年，生活很简单，样子还是那么寒伧，以深通世间智闻名，为一切人所尊敬，也不再为亚耳恺阿思所嘲笑，如我们所知道，那时亚耳恺阿思已成了一个守法的公民，是知名的有灵感的虽然常是泥醉的诗人。

附录甲一：关于帖玛思

萨波献给女神亚柏罗地德的诗，又引起我们讲到她的一个女伴，名叫帖玛思，似是波恺亚地方的伊阿尼亚人，其地为伊阿尼亚的联盟的最北一城市。她送一方紫色的围巾来，给在萨波家中的女神像作盖头的装饰品，萨波在献给亚柏罗地德的诗中就说到这件事：

> ……还有那紫色的围巾，这是帖玛思从波恺亚送来给你的，是从一个宝贵的人来的礼物。（二二）[①]

这里宝贵的一字，原语帖米亚，我推想是对于帖玛思的名字的双关戏语。赫许吉阿思的字典里保存着一个引用的字帖玛地亚，意云小帖玛思，却无上下文。又在希腊诗选中有一篇萨波所作的墓铭，据说这

【锺校】

① 这句诗的译文，可参看《萨波原诗的译文二》的（二二）。

个女子是在未出嫁以前死的。诗云：

> 这灰土是小帖玛思，她死于结婚以前，乃被收入沛耳色波讷（案冥王哈台思之妻）的暗黑的新房。虽然她远离此地而萎谢，她所有美丽的伴侣都以刀截去了她们头上的美发。（二三）[①]

这从墓铭里似乎可以看出来，那女子是死在米都勒讷的萨波的家中，她的灰送往波恺亚去安葬，将这铭文放在坟上，这样说来，则是她的在波恺亚的女友们剪下她们编发的一部分来，作为哀悼的一种征象。

【锺校】

① 这句诗的译文，可参看《萨波原诗的译文二》（二三）。

附录甲二：关于亚那克妥利亚

都洛思的玛克西摩思说，亚那克妥利亚与亚谛思都在易感的女诗人的心中引起友情以上的感动，但苏伊达思似乎承认她与亚谛思的情形有殊。阿微地乌思（案俗称阿微特）根据了现已散失的资料，在他的诗中使萨波说她是“微利思”（拉丁语），即是无足算的意思。但现存有萨波的残诗，至少可见萨波是颇喜欢这个少女的，在她结了婚，去到吕地亚首都萨耳地思居住的时候，这很使她悲叹，还有点不高兴。

这首诗是从埃及的沙土堆里发见的，写作书信的形式，寄给亚那克妥利亚，在她结婚后若干时，或者算是一种埋怨之词，怪她不写信来吧（原注，部分的经亨忒、呃特蒙士诸人订补，末后十许字出于推测）。略云：

世间最好看的东西有人说是一队骑兵，有人说是一群行进的兵卒，有人又说是一队的船只，但是在我那是心里所爱的人，——这事又是多么容易使得人人都明白呵。海伦，那是凡人中最美的人，在她选中了忒罗亚名誉的毁坏者作为她的良人的时候，她全不想念她的儿女或是她亲爱的双亲，却只被爱所引导着将她的心给了远来的人。一个女人常是容易被制御的，她那时不管什么亲近的和亲爱的了。但是，你应得记忆我们，亚那克妥利亚，现在我们和你隔离了，比那所有的吕地亚的兵车和甲士，我宁愿听到你清脆的步声，见到你微笑的面容。我知道在这世间人不能找到全美，可是在你还想要抓住一份曾经共享的过去，那的确是比忘记了它更好呀。(二四)①

亚那克妥利亚从前很喜欢亚谛思，有别一首诗，这或者是萨波现存诗中的最美的一篇，是写给亚谛思的，大概是萨波在终于得到了从吕地亚来的一封信之后所作。其词云：

亚谛思，我们的亲爱的亚那克妥利亚住在辽远的（原注，以上数语系推测的）萨耳地亚，但是她说她时常想到这边，记忆从前我们怎么的过

【锺校】

①（二四）及本篇下文的（二五）（二六）（二七），可参看《萨波原诗的译文二》中的（二四）（二五）（二六）（二七）。

我们的日子，——在那时候，你像是一位女神，在她看来，她最是爱你的唱歌的声音。现在，她在吕地亚的闺秀们中间，有如日落时的月之女神，在围绕着她的星星当中，她还印着蔷薇红的色彩。(原注，萨波的意思是说，亚那克妥利亚如红的初升的月亮，还染着她的太阳即是亚谛思的馀光。) 但是月亮散布她的光明在盐味的海上，在有花的田野上，露水那么美丽的铺在地面，蔷薇抬起身来，纤丽的安特吕斯卡 (案此系花名，盖所未详) 和蜜苜蓿都张开了花瓣，那时我们的可爱的人才出来游行，记忆着温柔的亚谛思的爱，她的柔软的心胸里重压着怀恋之情了。唉！她那时高声叫唤，叫我们到她那里去，她说的什么我们都能知晓，就是你和我，因为那有众多声音的树叶似的夜通过了介在的空间把这些告诉了我们了。(二五)

当初对于亚那克妥利亚提起婚事的时候，大概她很有点感觉不安，因为现有萨波的一篇残缺的断片，(原注，经呃特蒙士订补) 是对着这种情况的一个女子而说的，这人或者即是亚那克妥利亚也未可知。诗云：

我回答你说，我凭了那女神对你立誓，虽则

我和你一样，从宙斯那里也只得有一个童贞，但是我不怕惧那门槛，在此槛外赫拉便命我将它抛弃。（案：宙斯为希腊神话中主宰大神，赫拉即其妻，亦为婚姻之神，上文凭以立誓的女神也即是她。）因此，真的，我给予你勇气，大声的说，那新婚的夜于我是十分美满，你也不要什么怕惧。（二六）

在别一断片里，似乎也关于同一的题目，萨波这样的说："真的，我告诉你，我祈求我们的那夜将使得加倍的长。"（二七）但是，或者这里所说的与结婚的事无关也说不定。

附录乙：萨波原诗的译文二

萨波遗诗的集子，我只有两本。其一是英国华耳敦（H. T. Wharton）本，一八八五年初版，我所有的是一九零八年增订本，已经是四十年前的东西了，其时埃及发掘的结果“阿克叙棱戈思芦纸”第一集已于一八九八年刊行，所以集中收有一叶芦纸残稿的照片，可是有些重要的新发见的断片还未能收入。其二是海恩斯（C. R. Haines）本，一九二六年出版，他也是英国人，是阿克叙棱戈思芦纸校订者二人之一亨忒教授的老师，他的资格大约是很老的了。此外还有呃特蒙士（J. M. Edmonds）的《希腊的竖琴》，收在英国勒勃古典丛书中，一九二二年版，我未曾得到，而华耳敦的那册精致的小书可惜又于兵火盗劫之中失掉了。幸而海恩斯的那书，在小引中说明是继承华耳敦的工作的，所以有了这册，也就勉强的可以应用了。现在根据了这本诗集，把韦格耳文中所引的长短原诗，一一加以校对，今分别抄录在后面，以资比较参考。

（一）集十八：见下第六条。

又集三二：原文存七行，残缺不全，第三行有“我们在青春”数字可见。

（二）集二三：“我觉得见过日光的女儿将永没有你那么的巧妙的。”依原注，巧妙的（Sophia）一语，常用以说艺术，故此处亦有此含义。文中说这是说阨林那的，但集中并不确定如此，虽然在序论中说及阨林那或者是萨波同时代的人。

（三）集二十：“我教过赫罗，那从瞿亚拉来的快跑的（女儿）。”句中本无女儿字样，因快跑的这字是阴性，所以添加了。

（四）集十六：“木那西地卡姿容之美过于那纤柔的瞿林诺。”大意相同，只是字义微有出入，此类后亦不复一一列举。

（五）集十二：“地卡，你将花鬘加在你美发上面，是用你的柔软的手所编的茴香的小枝，因为戴花的多受到有福的神们的慈惠，但是不顾及那些不着花鬘的人。”原文四行，分二节，今译为散文，所以连写了。下并仿此。

（六）集十八：“我爱你，亚谛思，在很早以前，那时我的女儿生涯还正是花时，你看去是一个小小的孩子，还没有爱娇。”此诗系三行一节，末一语Akhnris据海恩斯注，可作未达婚期讲，但又云或仍照本义，故今只按原义译之。

（七）集五五：案此系从埃及发掘所得断片之一，已甚断烂，首四行全缺，集中所录自第五至十五共十一行，其中只有五行中一“袍”字完全可识，六行“而且克莱伊思”，七行“郁金色的衫子”，八行“紫色的袍”，九行“披风”，十行“花鬘在头上”，十二行“炒”，十三行“女郎们”等字而已。据呃特蒙士云，此下尚有十三行，略存数字可辨云。今据集本无可移译，韦格耳文中所列长篇，系由订补而成，就每行缺处，按前后原有馀剩字母，填补拼凑，既须文情相称，又必与原句韵律相合，其事甚不易为，唯有些谨严的学者往往不肯轻易接受，海恩斯的态度亦是如此。他于序论小注中虽然对于呃特蒙士的工作很客气的称其精致巧妙，但在本文中云：“有许多断片必须拼凑连合，用了不大可靠的猜想去求出它的意义来。我们不但须得解说萨波的梦，在许多地方我们却常被诱引或者至于被强迫去自己做梦，这是一个颇多危险的冒险事情，不是可以容易做得的。”

（八）集第四：

我看那人有如神人一般，他和你对面坐着，近听你甜美的声音，和消魂的笑声，我的心在胸中猛跳了。我只望见你，我便不能出声，只是舌头木强了，细微的火一时走遍肉内，眼睛看不见什么，耳中只听得嗡嗡之声，汗流遍体，全身只是颤震，我是比草还要苍白，衰弱似乎离死不远。但是我得接受这些一切，既是这般的不幸，……

原文十七行，四行一节，第五节只存首一行而已。译文中所用系根据华耳敦本的旧译，今又参照修正，两本原文相同，这回只是译语略为改得简洁一点罢了。

（九）集十七："对了果耳果，他们业已厌倦。"依集中主格系第三位多数，应是他们而不是我。这里用文法上的术语"第三位"倒是正合适的，因为古希腊人说话，正如我们中国人一样，总说我和你和他，所以文法里代名词第一二三位的排列本由于古希腊的习惯，也与中国相合，若是在必须说你和他和我的英美人，则这个次序便有点与事实不相符合了。

（十）集十五：语意不异，今不更译。

（十一）集五五：见上第七条。集中原文所无，系出于订补者也。

（十二）集四〇：“我对面看见你的时候，赫耳米阿讷还不能比你，将黄发的海伦来比，这没有什么不对，假如可以将人去与神相比。”原本十七行，首四行已缺，此系自第五至九行之译文，第十行中尚有“将我所有的心思”数语可读，文中所举亦系呃特蒙士订补本也。

（十三）集四五：

你来了，那很好，因为你已经来了，虽然是在远处，已在信里面来了。我在想望你，你长使我的心以爱而燃烧着。多多祝福你，正如美的萨波所说，不单是祝福几次一如我们分别的日子那么多，却是永久的祝福。

友利亚奴思原文本系散文，唯集中又有诗三行，尽是新发见者，其第四行即据信中语补足之。意云：“你来了，那很好。我在想望你，你长使我的心以爱而燃烧着。我多多祝福你，一如使你我分别的日子那么多。”

（十四）集缺，此诗集中未收。

（十五）集四六：“爱又在摇荡我，那销融肢体的，苦甜，不可抗的爬虫。”原文二行。案销融肢体的（Lysimeles）一语，萨波以前的诗人赫西阿陀思等尝以之形容睡眠。又海恩斯原注，引沙士比亚剧句云："恋爱不能去的地方，它爬了去。"

又集十九："亚谛思，你恨得再想念我，却跑到安特罗美达那里去了。"原文二行。集中与上文分列两处，但此节下有注云，呃特蒙士以此二行列在四六之后，或者是对的。

（十六）集十四："安特罗美达现在做了一件好交易。"末一字 Amoiba 原义是交换，译作交易似较好。

（十七）集二四："死了你就将倒着，将没有人会再记忆你，因为你没有分摘到披呃利亚的蔷薇，你只将寂寂的在冥王的家里，在无人知的死者中间到处漂泊。"原诗四行，泼鲁塔耳戈思云，系对一个富有而无教养的女人说的。冥王本名哈台思或哈伊台思，诗中云亚伊达思。

（十八）集第七：

> 现在亚谛思是远走了，真的我情愿死了倒好吧。她走时还是哭着，她对我说，我们是多么受难呀，泼萨巴，我去是违反我的本意的。我这样的回答她说，我祝福你前去，可是要记得我，因为你知道我是多么的爱你。或者假如你记不得，我愿意提醒你，我们以前过的生活，是多么温柔而美丽。你常拿多少地丁和蔷薇编作及时的花鬘，坐在我的身旁，又将多少可爱的花朵来织成

花圈，围绕你柔软的脖颈，你又用了种种香油，贵重而且是御用的，去搽抹你美发的头顶，你靠在柔软的床上，……

此诗共三十行，三行为一节，今可译者才二十二行而已，第二十三行以下均有缺文未补，今故从略。韦格耳文中“现在亚谛思是远走了”云云二行原在后，今集列于篇首，或较为适宜。原书第十五章“米都勒讷的日常生活”中云，古代波斯的御用香料系用二十五种以上不同的香物混合而成，萨波说及亚谛思所用之物，或即是此种特别的制品。此一节可为诗中御用的一语作注，故附录于此。

（十九）集一〇二：玛克西摩思云，萨波把爱叫作“苦甜”，又作“给予痛苦者”，萨波又说爱是“故事的织造者”。据海恩斯注说，这三个形容词都是萨波所独创的，后二者且为前人文中所未见的新语。“故事”原文作 Mythos，前依韦格耳文译为虚事，盖误。

（二十）集四七：“爱摇荡我的心，有如从山上来的风吹落在栎树上面。”原诗二行。

（二一）集一〇一：亚坡罗尼阿思著作之注释者云，萨波以“爱”为地与天的儿子。

（二二）集九七：“紫的围巾盖在头发上，假如你看不中，那么我将从波恺亚送来，有些贵重的礼物。”此系对于亚柏罗地德之颂歌，今存五行。注中引有呃特蒙士校改之语，意思稍有不同，当云“紫的围巾垂到膝上，这是帖玛思从波恺思送来的，是贵重的礼物。”此即韦格耳所据之本，虽出订补，或较妥适。

（二三）集一六四：“这灰土是帖玛思，死在结婚之前，沛耳色波那的暗黑的新房接受了她。虽然远离此地而萎谢，她所有的伴侣都把用刀截下的头上的美发放（在她的坟上）。”原文四行，收在希腊诗选中，海恩斯以为非萨波之作。诗中原云帖玛思，呃特蒙士乃援引赫叙吉阿思改为帖玛地亚，即是小帖玛思，见于韦格耳引用文中。

（二四）集第八：

> 有人说是一队骑兵，有人说是步兵，或是一群船只，是黑的大地上最美的东西，但我以为那是自己所爱的人。这是多么容易使得人人明白呵。因为海伦，虽则她曾见过人间的美男子，却选中了那毁坏忒罗亚的荣誉的人以为最美，她不想念她的儿女，或是亲爱的父母，只由着屈泼利思（案：意云屈泼罗思岛的女人，即爱之女神的别名），引导她上了爱的岔道。女人常是容易屈服的，假如她轻看了她的现在。但是，现在你当

记得亚那克妥利亚，虽然她与我们远离了。我却更愿意听到她可爱的步声，见到她光辉的面容，胜过所有吕地亚的兵车和着甲的步兵。我们知道人间不能得到全美，但是我们可以祈求一份，假如那有福的神们愿意帮助我们。

此诗亦经订补，共二十四行，四行为一节，末尾一节意与韦格耳所引用者不同。

(二五) 集第六：

亚谛思，刚瞿拉离开了友人们，住在萨耳地思的家里，可是她时常想到，从前我们怎么的过我们的生活，那时她看你像是一个女神，她最爱的是你的唱歌。现在，她在吕地亚的女人中间，显得似日落后的蔷薇指头的月亮，从围绕的星星当中，散布她的光明在盐味的海上，同样的在多花的田上。露水美丽的落下来，蔷薇繁荣起来，还有纤丽的安得吕斯卡和开花的蜜苜蓿。她到处彷徨着，记忆温柔的亚谛思，微弱的心胸里重压着怀恋之情了。她大声的叫唤，叫我们到她那里去，可是我和你并不是不听见，因为那许多耳朵的夜已经从海上传话过来了。

此诗二十一行，三行为一节，首行经订补，韦格耳文中作亚那克妥利亚，今则为刚瞿拉，案：萨耳地思为吕地亚的首都，参照前一首，似以作亚那克妥利亚为当。安得吕斯卡未详。注但云，系一种伞形花植物。蜜苜蓿据列特耳司各得希腊语字典云，一种苜蓿，富于蜜汁，大概系紫云英之属，今直译其字义。

（二六）集缺。

（二七）集五〇：利拔尼阿思云，勒斯婆思人萨波曾说，祈求那夜给她加倍的长。海恩斯注云，利拔尼阿思是在说宙斯与亚耳克美那的故事，那时诞育了赫拉克拉思，但此或是新婚歌中之句亦未可知。案：新婚歌乃是古时结婚仪式中所唱之歌，本名呃披嗒拉米亚，意云在新房前，萨波受人嘱托，曾写了许多篇，据云曾编入集中，其诗集凡九卷，末二卷盖全系此类歌词，今所存者只若干断片而已。

以上将韦格耳文中所引萨波的诗句校译一过，意思略有出入，其经呃特蒙士等人大量订补的部分，集中均未收录，只剩残缺的原本，所以未能翻译，觉得是可惜的事。经过订补的几篇诗，在韦格耳文中都是很有趣的东西，假如这真出于萨波的手笔，而不是别人替她做的梦，那是多么好呀。

萨波的爱神颂歌[①]

哈利卡耳那索思的地阿女西阿思，那个有名的修辞学家，他正当奥古斯德皇帝时代在罗马讲学，写了一部关于文章的书，在这书里边，我们真好运气，他引用了萨波所作对于亚柏罗地德（爱之女神）的一首颂歌的全文，他的目的是据他说用以表示文调之美，排列之妙与结构之流利。

这首诗共有七节，是用所谓萨波调写成的，乃是她所有的九卷诗中遗留给我们的唯一完全而无缺损的诗篇，又如地阿女西阿思所指出，却是她的艺术的最高峰的代表，所以这是从古代保存下来的伟大的宝藏之一。

这诗是对于亚柏罗地德的一种祈求，请她再来帮助这患恋爱病的萨波，正如从前帮助过她一般，所以

【原注】

① 原第十六章。

这似乎是在那一个时期所作，其时她早年对于女伴亚谛思的爱已经是过去的事情了，而这次却又成了她异常的天性的恋爱的牺牲。

现在留下有两三篇情诗的断片，是萨波写给她女伴之一人，从科罗彭地方来的刚瞿拉的，关于此事没有确实的纪录，我们可以推测说，大概此诗是由于她对于这海的那边到她这里来的伊阿尼亚的女子的不见答的爱而引起的吧。这七节诗用了散文译出来，大意如下：

多色宝座的，不死的亚柏罗地德，宙斯的女儿，狡狯之织造者，我求你，主妇，不要把烦闷或苦痛来碎的我心了，但是来吧，假如以前你曾远远地听到我的声音，而且听许了，离开了你父亲的黄金的境土，乘上驾好的车而来，向着黑地，你的两只白鸽的翅膀，美丽而快速，拉着你的车，从天上通过中空而下降。迅速地你到来了，你祝福的主妇，在你不死的面容上现出微笑，安静地问，现在什么使我烦恼，为了什么那样呼唤，这又是什么是我那么想要的，在我疯狂的心里所要成就。（你说，）这是谁呢，我现在须得去诱引她给你爱情的？那是谁，萨波，她损害了你的？即便她现今飞走了，她就会跟了来，假如她拒受了赠物，她还得要给与，还有假如她不爱你，她还得就要爱，虽则她是不愿意。现在来我这里吧！从这残酷的苦难中解救了我，给我完成了我的心所想要完成的事，请你自己来做我的帮手吧！（一）[①]

这诗原本所用的那种特别的十一音的节调据说是萨波或是亚耳恺阿思所创作，但是名称则是用萨波的，即名为萨波调。由我看来，这种节奏应当是由击鼓声而想起的，凡是曾经在非洲或是东方旅行过的人，将能在这里记起土人的大鼓的那种惊心的强烈的震动。每节的首三行的节调是——

长短、长短、长短短、长短、长短，第四行则是——长短短、长短。这节奏与击鼓声的相似很是明显，若是用手在桌上拍出来，长节用手掌的基部，短节则用指尖。上边的译文也很容易排成这种节奏，我想这样就可以现出萨波调，以草体字表示重音。（案汉译不能应用，今摘录原诗第六节以代之。）

Kai gar | ai pheu- | gei, takhe- | ōs di- | ōxei,

Ai de | dōra | mē deket', | alla | dōsei,

【锺校】

① 本篇中的（一）（二）……均与《萨波原诗的译文三》相对应，可参看。

Ai de |me phi- |lei, takhe- |ōs phi- |lēsei

Kōuk ethe- |loisa.

在译文中，自然原来言语的美是失掉了，但是那作品本身很是佳妙，那坦白简单的无技巧处是可以理会得的。简单与坦白，这确实是萨波的最显明的美妙处之一，也正因为这些品性，与她的谨严的对于美的言语之选择，她的经过洗录的流利以及正确的节调，使得她的诗占有独特的地位，并且加上一种魔力，凡是她所要说的话，都使人无可非议。罗马诗人阿拉帖乌思（案俗称诃莱思）曾经称她为“男性的萨波”，这是真实的，可是雅典衾阿思给她的形容词说是一个“纯粹的女人”，却更为真实，因为在她的诗里存着一种浪漫的女性，又如台美忒利阿思所说，她把她的最为强烈的文词那部分也安排得很是美妙。这首对于爱神的颂歌是根本的女性的，其动人的美全然属于女性的世界，在那里边一个男性的传记家无论如何总觉得不免是有点像闯入者似的。这里所祈求的不是一般所知的结婚的女神亚柏罗地德，不是美丽而壮健的，对于男女的热情的结合之保护者，这里说“现在又是什么事呢?”那温和而不可测的，微笑着的女神乃是最为多变的女性心理的一种创造物。她是那个亚柏罗地德，从海水的空灵的泡沫所产生的，不可捉摸的，透明的，前后矛盾的，远离一切自然目的的考虑，全然在于荷拉荐哲学里所梦见的事物之外的。在她的对于亚柏罗地德的祈求里，萨波并不是“男性的”。

这或是可能的，那女诗人最初发现她的心的和平为刚瞿拉所搅乱的时候，她有点迟疑，有点惊惶了，觉着她所熟知的迫切的心醉的状态，恐怕那将来不可避免的许多烦闷与扰乱。这时似乎她几乎想要死了倒好。她企望那种无感动的安静与睡梦的满足，只有死者的灵魂所能享受，他们永久游行于幽冥的月光之下，在静止的河水旁边，水中生着莲花，上戴露水，正在它们浓香的睡眠之中。现存有一篇她的诗的断片，首尾均缺，经呃特蒙士的校补，大意云：

> 刚瞿拉对我说，的确你不能说，或者你的眼睛不是看见了什么征兆么？我说，很确的，赫耳美思在梦里见到我，我说，主公，我是全完了，因为，凭了有福的神立誓，我不再关心我是多么富有，却是真的愿望想要死了，去看那盖满莲花的，多有露水的，那亚盖隆（原注，冥土的河）的河岸。(二)

又另有一首诗，虽然其中不曾提及刚瞿拉的名字，大概也是关于她的，因为在那里又看见萨波是在迟疑，在和自己辩论，假如她拒绝满足她的欲望，结果只有痛苦。此诗亦经呃特蒙士的校补，大意云：

> 阿讷罗思。梦神，黑夜之子，——他（夜）将回去，在黎明将近，睡眠在我们眼睑上现在只有一点儿辰光了的时候，——甜美的神，你指示给我，这将是怎样可怕的苦痛与烦恼，假如我敢把满足与愿望分离了！可是我有这样的期望，将不至于分享你所说的一部分，但是假如有福的神们肯给与我，我不会得不去攫住我所愿望的物事。在我是小孩的时候，我总之不是那么无知识，至于背过身子去，不理我亲爱的母亲拿着给我的那美丽的玩具。我祈求那有福的神们给与我取得所祈望的东西的机会，念我曾经对于他们表示过所有那些敬意，用了我的诗歌和舞蹈。（三）

这首诗，虽然原本很是断烂，但照篇幅看来，似乎是完全的，在这里边我们可以看出，萨波在睡眠中反侧不宁，为那些半醒的梦所烦搅，令她想起自己的境地，想要爱与被爱是多么苦痛的一件事。她知道，她当得忍受拒否去完全表现她的愿望之苦痛，可是她也知道她自己，她一笑醒来，承认她并没有期望抗拒这一回对于她的感情的新的袭击之意。但是，用了她特有的那种奇异的天真烂漫的心，无论是真实的或是假装的，她把她的境地与小儿相比，那时他的惊奇的心受了什么拿给他的新的物事的牵引，可是同时她用了“无知识”（Anoos）一字，将拒受的人的态度予以枷示了，这样她又在理智的空气中失却所有儿童的境界，这种空气中这里还是以不深入为佳。二十五世纪以后，人还是在问自由表现的价值，还是在疑惑的考虑，究竟不知道他所应得带着的负担，这是知识的树的果实之有益的积聚呢，还是经验的垃圾之无价值的堆累呢。

在萨波已经舍弃了一切拒受的尝试的时候，她想起来不禁微笑，有一时她曾怀疑过亚柏罗地德的礼物，别一首诗里的几行即表示这个态度，这诗亦是在埃及发见，经过亨忒和呃特蒙士等人的校补，大意云：

今夜来我这里，我请你，来吧，刚瞿拉，蔷薇花蕊呀，带了你吕地亚的竖琴来。啊，我的爱慕永远飞绕着你的美丽！就是单是你的衣裳也激动我，我真是快活，有过一时我曾归咎于那屈普罗思生的（原注，亚柏罗地德），但是现在我祈求……（四）

刚瞿拉来了，在又一篇诗的断片内，萨波写她自己在几天之后同了一个女仆或是同伴到她的家里去，这诗很破碎地从埃及的尘土中出现的，大意云：

因为前几天你到我家里来，给我唱歌，所以我现在来了。啊！请你对我说话！走来，把你的美尽量的给我，因为我们是在外边，而且很相近，你是很知道的。但是你还是快打发你的婢子们走开，让神们给与我他们所预备给我的东西。……（五）

现在遗留下来给我们的关于刚瞿拉的事情就是如此了，但是在这里，我觉得可以适宜地记下萨波话中的有些断句，都是从古代各文人的著述中摘录下来，虽然很是简短，却也可以看见恋爱在她生活中的情形。

我思慕，我想，要成就……（六）

……因为我的苦痛。……（七）

……忘记了我，……啊，在人们中间有谁比我更为你所爱的呢？（八）

你焦灼了我。（九）

抱你在两臂中间，我的爱人。（十）

我不知道怎么办，我是三心二意的。（十一）

都来吧，我的神圣的琵琶，把你自己作为我的声音吧。（十二）

到末了，萨波总是回到她的音乐与她的话里去，凭了这些她将心里回环不绝的悲哀倾倒出来，这样乃使得本是速朽的东西变成不朽了。在她五百多年以后，诃拉帖乌思说：“这埃阿利亚女子放进她的弦上去的，爱仍是呼吸着，火焰仍是燃烧着。”希腊诗选中一个名叫亚女妥思的人说：“她的语句是不死的。”她的作品当时为世人所欣赏，她觉得是非常的快意，就是在现今流传到我们手里的她的妙句的可怜的碎片中，也有些地方可以看出她对于自己的天才的自觉。她说：“我告诉你，以后将有人会记念我。”（十三）又一断片云：“（艺文神女们）荣宠我，以她们自己的工作予我。”（十四）这里句首原缺，关于艺文神女的话乃是推想出来的。可是因为是艺术家，所以她也很感觉到那人间所永以为恨的所有限度与挫折，在这句里边很含有沉吟的模样：“我却不能想望用我的两臂与天相触。”（十五）这美的句子，因其中“天”字（Oranos）与普通写法不同，所以为文法家赫罗地亚奴思所注意引用。她发表她的一卷诗，题名曰《有翼的语句》，她题词云：“我开始用的空气般的语句，却是好听的。”（十六）这书名与开始的句是刻划在瓶上，画着萨波手执展开的卷帙，上面有这几字，这古希腊瓶画大概是在她死后约一世纪时所作的。

现在自然无法来计算这些感情的冒险出现在萨波生活上的时期了，但是为了我们叙述的便利，我们可以假设距上文所说又经过了五年，那么就到了基督前五七五年，其时她是三十七岁。这时候或者她已经在开始忧惧她所那么重视的青春盛年之将完毕，在现今保存着的西历一世纪的芦纸上，有她的断句云："唉！女郎们！我希望能逃避（面上的）皱纹，因为青春……"（十七）这是她的烦恼的一表示。她是很不安，有时似乎觉得非常孤独，这里有一节诗表现出来，原是为了节调，为赫派斯帖恩所引用保留着的。

"月亮下去了，还有那七簇星。这是夜半了。光阴过去，我还是独卧。"（十八）这首诗是个好例子，说的那么简单，可是说的又那么多，这是现今在的她的作品中最完全也最动人的实例之一。

她时常似乎觉得她工作时间的平和的孤寂很是难受，赫派斯帖恩所引用的又一断句显然是在这种颓唐不安定的情绪之下所写的："平和呀，我未曾觉得你有这样的无聊。"（十九）又有一回在春天，她说："为什么，潘地恩的女儿，天上的燕子，那么使我厌倦呢？"（二十）

她的生活可是很忙的，虽则她有时意气很是消沉，我们却可以想象平常还以愉快高兴的时候为多，她忙于工作，为崇拜她的女伴们所围绕着，教育她们，授以艺术及优雅生活，都是她所喜欢的事，希腊诗选中一首无名氏的诗写出她的很有风趣的生活。诗云：

> 你们来吧，勒斯婆思的女郎们，来到炯眼的赫拉的这华美的庙境，轻轻的跳转着圈子，给女神们做一回美丽的合唱跳舞，萨波将要领导你们，手里拿着她的黄金的竖琴。在这愉快的跳舞里你们将觉得幸福，那么你们将想象那真是卡利阿沛（原注，艺文神女之一）她自己的，美妙的歌。

萨波一定时常领导这些合唱的跳舞，这很不难引起一个想象的图画，与事实不很相远，因为现代的希腊舞的流行已经使我们见惯了那愉快的景象，许多呼吸急迫的年青女子，穿着飘扬的希腊服装，赤着脚在草地上跳着旋转着，高兴而快乐，这大概与古代的那毫不做作的亚耳卡地亚的忘我境界很有些近似吧。可是萨波她自己，以及她所演的角色，却不容易想象，因为在我们的经验里没有事物可以与这景象相比，一个短小的人打着胡旋或踮着脚趾回转，黑发飞扬，两手抱着她的竖琴，时时停住了在弦上拨一下子唱那她预备的或是即兴的诗句，合着那些许多小小的脚步与许多手的有节奏的拍声。据苏伊达思说，这里顺便提及，她创造那拨子，用以击竖琴的弦，使得发出更为响亮的声音，可是我想她实在只是开始使用这物件而已，因为在埃及早已用着，还在那时的几世纪以前，有如德排地方的古坟里的图画所表示可以知道的。

在赫派斯帖恩所引用的三行萨波的诗中间，她给与我们很好的材料，可以想见那么样的一个舞蹈。诗云："古时候那克莱德岛女郎们丰美的脚常跳舞着，合着音乐，在有些美丽的祭坛旁边，踏着光滑柔软的草色。"（二一）这图画又因了希腊诗选中的几句话而加了生气，它说米都勒讷是"美丽的舞蹈的城市，燃着萨波的悦乐的烈焰"。

因了她的音乐与舞蹈，她的感兴的诗与嘱托的工作，她的平日一定是够忙的，可是她大概不见得让她自己过分的劳碌，还要留下充分的时光，去享受米都勒讷华美的生活所能供给的娱乐，以及她的财富所能做到的愉快的清闲。我曾经讲到她的对于自然之爱好（案见附录甲[①]），而勒斯婆思也恰能供给她以种种机缘，满足这方面的快乐。那岛是，从过去以至现在都是一样，真是一个乐园，全是花园与自然之美。太阳照着的小湾，在没有潮汛的海边，满生树木直至水际，又有阴荫的小夹道，上罩桑树的枝条，挂满了忍

【锺校】

①"附录甲"即下篇《关于萨波诗中的自然之美》。

冬的花彩，多草的小路，在橄榄树林中由折着，林中空气里充满了欧薄荷，百里香，圣彼得草，迷迭香的香味。小小的流泉从山边滚下来，落入仙境似的溪谷中，流过满生银杏叶羊齿植物的磐石与漫开着夹竹桃之类的两岸中间，还有栗树与麻栎树，再往上去是松树的树林，高地平原上，在春天盖着野草花的地毯，映着蔚蓝的天色，是勒斯婆思岛的阿棱坡思山白玉石似的山顶。这些景色，在白天里使平凡的生活增加无限的富美，在夜里有百万的星星在紫色的天穹发光，令人目眩心摇，惊喜得喘不过气来，假如月光明亮的时候，那又是一种奇景，特别在夏天几乎要使人销魂，其时夜莺叫着，空气都为草花的香气所薰香了。

这的确大抵在夜里，旅行者在勒斯婆思特别感觉萨波的精神的存在，她在树林与花园里游行，恋慕着那真的爱情，她曾那么奇异地非神圣地去寻求，却终于得不着，如今虽然二十五世纪已经过去了，用她自己的话来说，“她说的什么，我们都能知晓，就是你和我，因为那有众多声音的树叶似的夜通过了介在的空间，把这些告诉了我们了”。我们将能永久听到她的沉吟的歌声，在我们的心里歌唱着。

附录甲：关于萨波诗中的自然之美

萨波对于自然之美的精细的欣赏，不单是对于自然之感情的敬畏或享乐，乃是精细的敏感的，沉思明辨[①]的一种欣赏，这也足以表示她心思的微妙的地方。比罗斯忒拉妥思文中曾说："萨波爱好蔷薇，时常以她赞美的诗给它加冕，将处女的美去比它，她又把美惠神女们的裸露的臂膊与蔷薇相比。"这就是拿去比那光滑优美，有香气的洁白的蔷薇花瓣，澄明而轻泛。在她写给亚谛思关于亚那克妥利亚的信里，她说到浥露的蔷薇在月光之下轩举起来，那些田野的花张开它的花朵，又在留给我们的她的诗的断片中，她说那——"在海边生长的黄金色的山黎豆。"（二二）[②]

【蒋校】

①"辨"原作"办"。

【锺校】

② 本篇中的（二二）（二三）……均与《萨波原诗的译文三》相对应，可参看。

又说那——“风信子的花光耀花人的眼睛。”（二三）她将不见答的爱情去比那——“野生风信子，在山边为牧人踏在脚下，可是还在地上紫红的开着。”（二四）她说起春天是那么的时节：“多花鬘的大地着上她的锦绣。”（二五）我们是已经听见她说过苹果树枝在微风中响动，以及栎树为下吹的风所摇了。（二六）

她说她同了亚谛思在晚间到树林中逍遥，去听夜莺，她又说——“那夜莺，带着恋慕的声音的，春天的使者。”（二七）她描写在盛夏时——“蝉从它的翼下放出甜美尖利的歌声，那时太阳用了他广被直下的光照着大地。”（二八）关于鸽子回到巢里来，她说：“它们的心思轻了，停止了翅膀的劳力。”（二九）

她对于长庚星曾写了一首诗，现在亡失了，其中她说它是——“那发光的星星中的最美丽的”，在别一断片里，这诗非常动人，却说不出为了什么道理，她说：“长庚星呵，你把那快乐的晨光所赶散的一切都带了回来，你带回绵羊，带回山羊，你带回小孩到他的母亲旁边来。”（三十）她又描写——“围绕着灿烂的月亮，星星的光亮的美都失掉了，那时她银色的光辉满照着世界。”（三一）她比亚那克妥利亚为日落时红的初升的月亮，我们已经说过了。她又说：

“女郎们在祭坛周围就了她们的位置，其时满月正升起来。”（三二）在别一断片中，她说那落月与七簇星（案，见前十八），她又说：“那女王似的晨光”以及——“那晨光，趿着黄金的屐的。”（三三）

附录乙：萨波原诗的译文三

韦格耳文中所引萨波诗句，今依据英国海恩斯所编遗诗集，直译原文列于下方，以资参考。

（一）集第三：

彩色宝座的，不死的亚柏罗地德，宙斯的儿女，狡狯之织造者，我求你，主妇，不要把烦闷和苦痛来压我的心了。（一节）但是来这里吧，假如你从前远远地倾听了我的呼吁，曾经离开你父亲的家，（二节）驾了黄金的车前来，你那美丽快速的双黄雀拉着向黑地下来，扇着它们的强翼，从天上通过了中空，（三节）忽然的到来了。你，有福的（主妇），在你不死的面容上现出微笑，问什么使我烦恼，又为了什么呼唤，（四节）这又是什么，在我疯狂的心里所最要愿望成就的（你说），这是谁呢，现在我须劝诱她来就你的爱的，那是谁，泼萨巴，她损害了你的？（五节）

假如她现在逃走，她即将追来，假如她不受礼物，她即将给与，假如她不亲（你的）吻，她即将亲了，虽则非是情愿。（六节）现在你来我这里吧，从苛酷的烦闷下解放了我，给我完成了我的心所愿望完成的一切，请你自己给我做了战友。(七节)

原文七节，共二十八行。第三节中 Strouthoi 意云麻雀，虽然韦格耳书中译作白鹄，以所用形容词系双数为证，唯鹄为亚柏罗地德拉车之说系后起者，见于罗马诗人阿拉帖乌思诗中，故此处仍依本文译其原意。诗中自称其名用方言为泼萨巴，今亦仍之。

(二) 集二一：集中存残诗共十八行，每行只存一至三四字不等，第一二及十五行全缺。六行有“刚瞿拉”一字可见，七行“什么征兆”，九行“赫耳美思来”，十行“我说，主公”，十一行“凭了有福的”，十二行“愿望死了”，十四行“生莲花的有露水的”，大意约略可想而已。

(三) 集八七：集中残存诗十行，可辨者有第一行“阿讷罗思，黑夜的”，二行“睡眠彷徨”，三行“甜美的神，可怕的苦痛”，四行“我敢分离”，五行“我有希望不至分享”，六行“有福的神们”，八行

“玩具”各字，但文中所特别提出的“无知识”一字，在原稿中可惜不见，盖系校补加入者也。

（四）集第五：现存十一行，唯首八行分两节，意尚可解：

> 你快来，我请你，刚瞿拉，……披了那乳白的长衣，我的爱慕长是飞绕着美丽的你。你的衣裳就激动了我，我只一看见它的时候，我却是喜欢这样。从前我曾责难那屈普罗思生的。

第九行云：“现在我祈求。”十一行云：“我愿望。”

（五）集缺，此诗集中未收。

（六）集一五一：“我爱，我愿望。”

（七）集四二：“因我点滴的苦痛。”

（八）集三五与三六：集中分列两处，语意不异，今不更译。

（九）集一五五：“你焦灼了我们。”海恩斯以为对亚柏罗地德而言，似为近之。

（十）集四八：友利亚奴思尺牍中云，“你，我的宝贝，有如萨波所说，我将（用两臂）拥抱你”。海恩斯注云，或萨波原语只是“我的宝贝”（Melēma tōmon）一语，亦未可知。

（十一）集四三：“我不知道怎么办，我有两个心思。”

（十二）集第二：“来吧，我的神圣的竖琴，发出声响来吧。”赫耳摩革讷思说，“萨波问她的竖琴，它回答了的时候，乃有此诗”。韦格耳文中云是琵琶（Lute），原语乃是竖琴（Lyra），诗中则云Khelys，意云龟，相传赫耳美思始用龟壳上装弦弹之，为竖琴之祖，故后世以龟为竖琴之别名。

（十三）集五九：意同。

（十四）集五六：意同。

（十五）集五八：意同。

（十六）集第一：在雅典现存有一只古代希腊的水瓶，上绘萨波坐而观诗，手执一卷，卷端题曰有翼的言词，中间有字云，“诸神们，我开始用空气似的言词，但是无邪的”。末一字原为Anaton，但呃特蒙士则读为Onaton，故韦格耳文中译其义为好听。

（十七）集一五六：“老年，我想得能逃避，女郎们，青年那是最美的。”首尾二语均缺，系推测增补者，非萨波原文也。

（十八）集七一：意同。原本四行，海恩斯云，或者是以民歌为本的。

（十九）集缺。

（二十）集八三：“潘地恩的女儿，天上的燕子，为什么我……”我字系目的格，动字缺，故各译本只是以意补入之而已。

（二一）集八二：“在古时候，克莱德的女郎们用了柔美的脚合拍的跳舞着，围绕着美丽的祭坛，踏着光滑柔软的草色。”原诗三行。

（二二）集七四：意同。

（二三）集八一：亚利斯帖台思云，“草色并不眩人眼，如萨波所说，却只增加（城市的景色），亦不是像风信子花一样”。虽是引萨波诗中的话，而原诗不详。

（二四）集一三四：“有如风信子在山边，牧人踏在脚下，地上（摊着）紫的花朵。”原诗二行。

（二五）集七三：意同。

（二六）集七二：“四周寂静的，清凉的水在苹果树枝间澌澌的响，在颤动的叶子中间，浓眠奔流下来。”原诗四行。

又集四七：“爱摇荡我的心，有如从山上来的风吹落在栎树上面。”原诗二行。

（二七）集八四：“春天的使者，娇好声音的夜莺。”

（二八）集八〇：“它振翼发出清脆的歌声，其时炎阳直射的照着（大地）。”台美忒利阿思文中引用，说明是咏蝉的。原诗二行。

（二九）集七九：“心变成冷了，它们的翅膀停了下来。”原诗二行，品达罗思诗的注释家引此，说是讲鸽子的。有人把冷字（Psukhros）改读作轻（Psaukhros），故韦格耳文中那么的说，但如海恩斯所云，这里似无特别的理由，为什么心的轻松会得使鸽子停止它们的翅膀。

（三十）集一二九：“长庚星呵，带回那发光的晨光所赶散的一切的，你带回绵羊，带回山羊，带回小孩到母亲那里。”原诗二行。

又集一三〇：希美利阿思请萨波称长庚星为发光的星星中最美的星，意同。

（三一）集七五：“星星在美丽的月亮的周围，都隐藏了璀璨的色相，那时满月的光照着大地。”原诗四行。友利亚奴思尺牍中云：“美的萨波曾说那银色的月亮，因为她的缘故，其馀的众星都隐起面貌来了。”

（三二）集七六：“满月照着，女郎们站着绕了祭坛。”原诗二行。

（三三）集五一：“刚才那黄金般的晨光……”断句不全。“女王似的晨光”句未见，唯集四一所录残诗中，其第十八行存有“蔷薇臂膊的晨光”二语。

本文末所引萨波语，及附录甲[1]关于亚谛思及亚那克妥利亚的话，均见萨波和她的女伴们译文中，兹不重出。

【锺校】

① “附录甲”即《关于萨波诗中的自然之美》。

萨波在家里[①]

勒斯婆思岛与伊阿尼亚联盟各邦以及吕地亚王国那么接近，这便使得米都勒讷的人民特别容易接受它们的影响，在萨波诗中有好些地方都可以看出，她在日常生活上模仿那些民族的奢华的惯习，例如她说亚谛思在她家里享用“那些最是讲究的伊阿尼亚人所想要的一切物事”。可是在别一方面，勒斯婆思保存着一种很特殊的特色，那就是对于女人的态度。在小亚细亚西部的沿海一带以及各岛的伊阿尼亚妇女，都同现在东方的女人一样的受着不平等待遇，但是勒斯婆思的女人却享有自由，这在邻近各邦的姊妹们看去，一定是向来觉得非常歆羡的事吧。

埃阿利人在这方面似乎很有点像斯巴达人以及陀利亚的几部分人相像，他们的确是正和雅典人反对，

【原注】

① 原第十四章。

不把他们的女人搁在后面，当作她们是全然劣等的生物看的，可是即使在陀利亚的邦国内，这也不大可能像萨波那样，如她诗中所说的在夜里独自到树林中逍遥，或是带了女伴们去在乡下居住，至于说如她那么深入的去搞政治，以至被挑选出来，同那些男性的领袖一起追放，那更是不会有的了。

现在我们来讲她的日常生活的情形，要请读者们想象她的习惯与环境有若干部分是伊阿尼亚的性质，可是萨波自己在这些东方色彩的境地中间却能自由的行动，这一种自由正是在她的故乡所特有的。

她的衣服显然是伊阿尼亚式的，因为如诗中亚谛思说过萨波的吉阿思的睡衣，她的紫色的沛普罗思即袍子，郁金色的罗沛，即宽大的袈裟似的上衣。这罗沛似乎就是伊阿尼亚的吉通的一种变化，细布的长衫，大概那时候在希腊各地都正在流行。吉通有时是一件长衣，系上带子分作上衣下裳，有时单是一件上衣，当作衫子穿，或是袈裟似的罩在衬衣上面。当作衫子穿的时候，在腰间缚上一把，要使得上部的衣折下来，盖在带子上面，这衣折叫作科耳坡思，意云袋子，但有时候衣服很长，所以让那袋子直垂下几乎及膝，这样便在上边再系一下做出别一袋子，也是可以的。若是袈裟似的穿着，便从肩胛一直垂下去，到腰的上下为止，或则用带扣住，垂下直到膝边。吉通有时并无袖子，只是在肩头缝合或是扣住，有时带着短而宽大的袖子，沿着两臂的上面都是开缝的，前后两面只是间隔的扣住，在这裂缝中间可以看得见手臂的肌肉的。

衣服的上部，无论是与下部分离或是缝合，可以用同一质地与颜色的东西，也可以用全然不是一样的。有时衣服全部是白色的，但上部是用透明的洋纱似的质地，湿时绞干，所以皱作浪纹，有时上衣装饰有鲜艳的花样，有时下衣特别的考究，如有直条的刺绣一直下去，亚谛思所说的衣服，上部是鲜明的黄色的，下部的裳乃是紫的。这裳时常是很宽而且长，所以走起路来，女人须得用一只手拿住了，拉在一旁，我们记得萨波讥笑她的对手，说她不能优雅的这样做。在吉通的上面，有时候穿上一件轻软的大衣，披在一边肩上，拖到那边的腋下去，或者轻轻的披在肩头，却将大部分搁在那边，又或者有时罩住全身，连头也盖在内。

有时在吉通底下也穿着一种小衣，有些女人她的身材不是往常的那样的时候，她们常系上一种束胸带，或是乳罩之类，叫做斯忒洛比恩，这普通只是一块围巾缠住胸前。头上盖着围巾，或是袋形的帽子，或者在夏天也戴柔软的草帽，她们也常用阳伞，这可以折收起来，与现在的一样。可是她们通常觉得她们的头发已经足够遮盖头顶了，在萨波的那时代，这多是长披在背后，末了分作几条小辫或卷发，分拖在两肩前面，或者挽髻低垂脑后，又或用折叠的围巾或丝带的帮助，高挽在头顶上。脚下穿着皮底的屐，在乡间则常用软的皮鞋，拖鞋其时也渐在行时，有时还用略高起的鞋跟。手镯与项圈有时加上去，还有宝冠，在一切祭日及宴集时，戴用百花织成的花鬘。

雅典柰阿思曾经集录古代文人关于伊阿尼亚的服装的记述，为的使我们明了萨波的衣服的情形，且来引用它们的一部分。这是真的，他们所说是多关于男子的，但是在衣服的质地与颜色上男女两性是并无多大差别的。他从呃贝索思的陀摩克利妥思引用的这几句话：

> 关于伊阿尼亚的茄花色与紫的衣服，绣着圆圈的郁金的衫子，那大家都已知道，他们头上所戴的帽也同样的绣出各式鸟兽的形象。他们又穿黄的，红的，白的衣服，有的还是紫的，他们穿科林多思制的长袍，有些是紫的，有些茄花色，有些是风信子花的颜色的，有时可以看见他们穿的是火焰般的红的，也有的是海绿色的。……又

> 可以看到波斯衣服，这织得又细密又结实，上面满装饰着的金的圆珠，珠子中间都用紫线穿过，钉在衣服里面。

他说这种衣服特别是为在呃贝索思的伊阿尼亚人所着用。

雅典柰阿思又引用亚西阿思，是萨摩思岛的诗人，生在萨波以前，据他说就是那时伊阿尼亚系的萨摩思人也穿得极其华美。他说：

> 他们在路上走着，头发仔细的梳好，穿着精美的长袍，雪白的衣折直拖到地面，上边缀着蚱蜢形的黄金的装饰，金的花圈押住散垂的头发，在微风中优美的飘动，在他们的臂上则是些制作精工的手镯。

克瑟诺巴讷思生于萨波以后不久，曾叙述在科罗彭的伊阿尼亚人，“华丽的穿着紫衣，夸示他们奢侈的梳好的头发，湿漉漉的带着高价的香油”。基督四世纪前的雅典系戏曲家安帖巴讷思也说一般的伊阿尼亚人是优雅而奢华的人民，穿着长而细软的袍子。

萨波大概也很是喜欢美丽的衣服，如她说及细软的麻布，各种花色的吕地亚的衣料等，显见得那些关于伊阿尼亚人的衣服的记述也可以用在她自己和她的朋友们身上。我们可以想象她穿了绣着圆圈的郁金色的衫子，火焰般的红的与海绿色的衣服，郁金色的与紫的，白的与红的，茄花色，风信子花色和蓝色的，我们可以想象她这样穿着了，在她的蔷薇花园中散步，在眩目的海边与蔚蓝天的底下，头上罩着一把有许多颜色的日伞。

在那时代有好许多化妆方法，面颊扶胭脂，嘴唇涂红，皮肤上白粉，眉毛画黑，眼睑周围涂上黑或绿的黛粉，如说这小俏的女诗人属于例外，那大概是不会得如此的。总之据我们所知道，她似乎曾把她的头发染黄，因为在那时代大多数妇女都是如此，而且古代注解中曾说及她用过思屈嗒隆这一个字，据注家说是一种植物，思屈谛亚人用作染料，与染头发的黄色染体嗒普索斯相同。但是我觉得这更是可能，即使那时有此时风，她还是保守着她的天然的黑发，因为我们看见她后来说，年月过去了，头发渐变灰白，而且我们也不知道，她说及各种染料是关于什么事情的。

以上说的是服装，现在让我们再来想象她的房屋的样子吧。在这时代，房屋外部都很是简陋，普通用石头或是日晒的砖块所造，外面刷白，房子中间是一个无屋顶的天井，各间房屋都对着院子开门，所以底层房屋在围墙上向外开窗的是极少有的。平常人家前面只是空白的一片墙壁，中间是大门，用木头所做，装着一点敲门槌。听见敲门的声音，带着一头守犬坐在门房的奴子前去开门，引导客人进到院子里，沿着四周是一带柱廊，在面南的一边这柱廊的进身特别的深，很有点像是无门墙的堂屋，架住屋顶的柱子都是用雕刻的木或石头所做成，地下铺着砖石。这对于后边的食堂成为一种温暖而有阳光的前廊，在那后面天气寒冷时便用两三个可以搬动的火炉取暖，后来的那种中央暖房法当时还没有发明出来。这里与其他内部房屋的墙壁都是刷白，别无装饰，地下是坚硬平滑的泥土地，上加粉饰或是铺装，有时部分的摊上地毯或是芦荻的席子。

里面与外面的楼梯通到房屋的平坦的屋顶，在后边部分便建筑着楼房，顶上盖着红瓦。这些楼房都由窗户通光，但玻璃窗那时还不曾知道，只用百叶窗，有时是格子窗，夏天去遮住日光，与冬夜的寒风。卫生设备还很幼稚，虽然用水冲的下水法，如在古代克莱德岛所发见的那样，也已经知道，但普通那里总是一间地面铺好的浴室，里边放着一个很大的浴槽式的白石盆，用人手来将水盛满。又有一间小屋，装着喷水浴，这就是说，房屋如在山边靠近川流的时候，就用一道沟把水引来，又由管子通到这屋里，同屋顶那么高，让它从一个铜制的兽头形状的口子里冲出来，落在地上凿成的槽内，积到膝头的那么深，随后排泄到园里去。在公共浴场，或是较大的人家家里，浴室内常有好几个这样的笼头，那里可以看见有裸体的男人或女人站在这喷水底下，在水里泼弄着，他们的衣服都挂在高的栏干上。这地下的一汪深水自然必然的会引起建造游泳浴池的意思，这就不足为奇，如发见那时使用这些潜水浴了，虽然在纪录上实在说及，还在现今所说的时代以后。

像萨波那么的富人家里的器具都是极精美的。有的是嵌镶的实木椅子，靠背雕着花，坐席很厚的装上垫褥，还有许多凳子即是没有靠背的坐椅，以及脚凳。在食堂里有好些大榻，给客人们进食时斜靠着用的，木制的床脚以及边沿都很精工的用金银青铜象牙以及文石装饰，每张榻上有细软的垫褥，罩着华贵的织品，和几个大靠枕。大桌子有不用的，但是也有许多小的三只脚的桌子，很华美的装饰着。每间房里有高的烛台，每架的细干，有四尺至六尺高，普通底下都用三只脚支住，上有三枝以上的分枝，可以插上蜡烛去。小的碗形的灯盏，在清油上浮着灯心，也是使用着。

在卧房里，床都是装饰的很华丽，上有细软的垫褥和枕头，以及刺绣精美的盖被，至衣服、鞋子、化妆用具、首饰等，都收藏在许多箱笼内，有时是很细巧的手工品。储藏室里放着食品与别的东西，装在大的陶缸内，那里又有一大列的碟子，壶杯等等，是用金银青铜，石头珐琅，以及陶土所制成的。报时辰的有一个日晷，滴漏也已经知道了，是一个石器内盛满了水，到规定的地位，等它慢慢的漏去，在规定的时间内漏尽。在化妆用具中间有金属磨光的镜子，长的发针，金属的，象牙的或是骨制的，针头都有装饰，平常的针，安全针，大抵与现代制品相似，篦子，象牙的或是木制的梳子，盛香料的瓶和盒，胭脂盒，黛墨壶，小盘和小碟子等等。

萨波一定有一个广大的藏书室（我们知道在萨波的时代有过大藏书馆，如萨摩思的霸主坡吕克拉德思与雅典的沛西思忒拉妥思），书——这就是说卷轴，收藏在特制的鸽子窠似的箱子内，因为有些现代文人似乎怀疑在她那时是否使用这种卷子，我在这里要指出史家赫洛陀妥思曾经明说，芦纸的卷子是这时代以前经过伊阿尼亚被传入希腊，正如人人所能料到，因为芦纸在埃及已被用了二千年之久，而埃及与希腊各邦接触也已有好些世纪了。希腊人将埃及语的芦纸卷子一字对音译为别勃罗思（Biblos），于是造成勃利恩一语，意即是书，英语解作圣书的一字即由此转出，还有些复合语如书目学也是如此。木板上面涂蜡，在萨波的时代也还使用，用一枝金属或象牙的尖笔把文字划在板上面。

富有的人家里所吃的食物是种类很多的，虽然比起晚年的罗马来不免简单，可是烹调得法，并不简陋。他们所爱用的肉食是猪肉，小羊肉，小牛肉，牛肉和兔，大抵都是烧烤，虽然煮的肉也很普通，还有鹅鸭鸡、雉鸡、竹鸡、斑鸠、鹌鹑、画眉以及各种小鸟，也都是吃的。羊肚、猪蹄、肝、舌头，多加香料制成的香肠，都极受欢迎，螺蛳也是普通的食品。所有平常各种的鱼都吃，也吃黄鳝、八目鳗、海鳗和乌贼，但是鲔鱼一般最为爱用，而做鱼酱的那鳀鱼则被当作珍品，我们从记录上知道这同□[①]麻，香料，调味料各种在油中炖了吃。沙丁鱼有时候是裹在无花果嫩叶内油炖，小青鱼，是鲜吃或是盐腌。牡蛎、淡菜、蟹、龙虾、青虾、章鱼以及许多较小的贝类都作食用，腌鱼子也很普通。

普通的菜蔬是葱头、韭菜、芜菁、胡萝卜、蚕豆、豌豆、扁豆、甘蓝、明蓟、龙须菜、甜菜、蛋瓜、南瓜、萝卜、黄瓜、莴苣、水芹，还有□麻、香

【锺校】

① □为无法辨认字。下同。

蕈类非常需要，蘑菇[1]也极受珍重。葱头是生吃，煮熟或是油炉，大蒜也用的很多。果品的名目是很少的，因为橘子柠檬，以及许多我们常见的果子那时都还不知道，但是在那些通行的果品中间则有无花果、石榴、苹果、榅桲、枣子和桑葚。最普通的核果是杏仁，栗子和阿月浑子，可是橡斗也是吃的。调味用或是制造那常用的各式酱油用的材料，有芥末、胡椒、续随子、藿香、石芹、茴香、末沃刺那、薄荷、芝麻、百里香、芸香、葛缕子、芫荽，还有一种有松香似的汁的草，名叫西耳比恩。盐、醋、橄榄油，自然必须提及，差不多各样东西都是用橄榄油烹调的，但是糖还是不曾知道，只用蜂蜜替代。乳类制品中，他们喜欢山羊乳过于牛乳，各样的干酪极为通行，但黄油却是不用的。鸡鸭蛋吃的很多，唯最珍重的乃是孔雀的蛋。面包平常用小麦粉制造，发酵或是无酵的，但大麦粉的面包也是普通，又有许多种类的糕饼，最常见的是用蜜和芝麻所做的一种。

勒斯婆思岛的葡萄酒向来算是很好的，但也有别的好些种从别处输入，这里边有那有名的吉阿思酒，

【锺校】

①“蘑菇”原作“麻茹”。

出产于邻近的吉阿思岛。不和水的酒是只在某种时候少量饮用，普通的习惯是把它和入两三倍的水内，——那时候是酒倒到水里，不是水到酒里去的。有时加入蜜与香料，特别是在要热吃的时候，但是一般的说来，酒与水总是尽可能的要弄得冷，假如山上的雪不能到手，便将酒瓶沉在园里的井底，到要用时才取出来。麦酒虽然在埃及与别的园里很是流行，但是不为希腊人所赏识，所以实际上可以得到的饮料是只有酒、水与乳这三者而已。

一天里第一餐饭叫作亚克拉帖斯玛，即是早餐，只是蘸葡萄酒的面包，和几个水果。随后在中午之前吃午餐，叫作亚利思通，是结实的一顿。但是主要的还是晚餐，叫作台波农，平常在日没前吃，若是招待客人的时候，饭后便继以苟坡西恩，即是宴会。这时常继续到早晨。可是，这是一件很有意义的事，在我们所有的一切萨波遗诗之中，没有一回直接说到她自己或是她的朋友渴酒的事情，因此可以表明她对于这种酒宴似乎毫无兴趣。大家闺秀列席于苟坡西恩算是很不应当的，平常在那里参与的女人就只是那些不正经的舞女与女乐人，她们招待那些客人，起先是用关于她们职业上的技艺，随后则是她们同性的所有的本领，不过萨波是很洒脱的，未必顾虑这些仪节，我想她之所以不提及者乃是由于她的嫌恶这事。在她少年时代，例如她被流放到匹耳拉，与聚集那里的贵族们作伴的时候，大概她很看见了些男人们酒后的行为，尽够使她对于这一种形式的娱乐引起嫌厌，与憎恶当相去不远，她的优雅苛细的天性见了宴会的粗野情形，往往以兽性行为终结，自必大为愤激了。我想这里关于这种宴会的简短的叙述，很足以说明她在诗中不曾说及这类事情的缘故，而且也可以使我们了解她为什么似乎单独喜欢女伴的交谊了。

在宴集的时候，食堂中用各种树枝装饰，地上撒着花。客人们到来，在门房由奴子们侍候脱去客人的鞋子，洗了他们的手脚，用的是金或银的水瓶和盆，以及细软的麻布手巾，随后拿香水洒在他们身上，给他们戴上花鬘。假如一直走向宴席去，这便不合于体仪作法，所以客人须得表示一种高尚的心情，并不以饮食为念，却只在屋内逍遥，称赞种种的布置设备等等，到得后来好像是偶然的，随脚走到了装饰好的食堂，他一眼看见便当表示惊异与喜悦，说他并不曾想到云云。

巨大而华美的榻，上面堆放着大的枕头，沿着烛光通明的房内安放着，客人便躺在这上边，大抵两个人共一榻，用了靠枕支起，差不多是坐的姿势，却将左臂与左半身靠着，使得右手自由，他们身体的上半与房间的中央部相近，各人的腿部都对角线的摆在榻上向着这中心圈的外面。裸体的男孩，都挑选美好的，连短裤也不着一条，拿进强烈的纯粹的酒来，客人们都喝一点，这初步的一酌与我们现代的“鸡尾酒”相当，这以后便上第一道菜，放在小桌子上搬了进来，一个客人前面放上一桌。这一道都是些肉和菜类，切得好好的，预备可以用手指抓了吃，因为刀叉还不曾使用，虽然吃有汤卤的食物时也用象牙的勺子。客人时时在面包块上擦他们的手指，或者真是不得了的时候，孩子们给他们拿水和食巾来。新的肴馔陆续的拿来放在他们的面前。

末了桌子拿开了，别的桌子搬来，这是第二道了，那些碟子这回盛的都是糖果，糕饼和果品。于是指定一个酒令官，立即有大碗的水和酒瓶由童奴送来交给他，这是他的任务，去把酒倒在水里，加上蜜和香料，由他去估量饮伴的嗜好做去。在第一道的时候，除了个人需要之外并没有喝什么酒，就是现在也还没有多喝，直到客人都已饱满了，结实的肴品撤下去，代以引人口渴的食品的小碟，有如咸的干酪与油炖的葱头，或是很香的香肠片，或是鱼酱。于是泼一点酒在地上，算是对于诸神的奠祭，元气旺盛的颂诗似的歌唱了起来，正式的晚宴才开始了。

过了一会儿，各种艺人都带了进来，有魔术师，变戏法的，演武艺的，走索的，相声以及小丑们，随后一整队的女子拥进来，有几个是吹笛子的或是歌女，别的是舞女，她们都穿着的很华丽，而且带着装饰，她们脸上涂着脂粉，眼睑描得黑黑的，睫毛伸长，用乳香胶得直竖。客人们唱起饮酒歌来，这叫作思科利亚的便是，他们有的能够自弹竖琴，或者吹笛子相和，正如现时在宴会中也常有人可以请出来弹一下钢琴，或其他小乐器，或者来唱一只[1]歌。

诗人亚耳恺阿思在他的一首诗里，告诉同宴会的伴侣，要以一个大的炉火和多量的酒去抵抗外边的冬寒，我们可以想象那房间大概已是过度的暖了，因了火以及许多的蜡烛。在这热的空气中间，因了香料、酒和葱头的气味，很是闷热了，大家照例脱去了上身的衣服，裸露到腰际，斜倚在靠枕上，皮肤上有香油或是自然的水分都发着光，头发上滴着香水，这是主人叫人拿了时时给客人加上，使他们头目清凉的。偶然有人闯进来，醉醺醺的刚从别的宴会出来，带着舞女，这种不速之客是现代社会的讨厌的东西，在那时

【锺校】

①“只”原作“集”。

也已是有了。

那时候有一种很流行的游戏，叫作科塔婆思，常在宴会中举行。游戏者努力从他们的酒杯里把酒脚泼出去，泼到房间那边的种种容器中去，那地板自然不久便被泼不准的残酒所弄湿了。有时候目标是一个金属的碗，酒泼得准不准，以及酒落下去时声响如何，都可以拿来占卜吉凶，以及情人的靠不靠得住。有时候这是好些小碗飘浮在一大盆水上，用作目标，用酒一泼能将一个小碗打沉算是成功，还有更为复杂的一种游戏，是将一个小的雕像站在水底下，上面浮着小碗，目的是在于打沉小碗之一，沉下去时恰恰落在雕像的头上。泼酒的方法，用右手指捏住酒杯的一边把手，腕关节向里弯，使得酒杯的这一边几乎靠着右腋窝，将手向前很快的一振，随即把酒飞泼到房间的那边去了。

夜渐渐的深了，大家都已有点昏醉，那些舞女常用了拍卖或别的方法分配于客人，后事如何也并无隐藏的意思。有些人喝得过于他的胃囊所能容受，他们对于这些女子或是童奴别无要求，只须她们给他拿盆来，或是扫除那些，假如盆拿得太迟了的时候。这些事只是在哗笑中过去，并无什么[1]惭愧。

到末了，一半的客人留下来，在沉醉的迷蒙中，躺在榻上或是地上，其馀的蹒跚的走回家去，这时曙光将要出来了。

这是荷坡西恩的普通情形，所以这是不足为奇的，萨波似乎不曾为的表示她的洒脱，去参加过这种形式的娱乐与集会了。

【锺校】

① “么” 原作 “些”。

在米都勒讷的日常生活[①]

上章所说的各物，衣服器具食物等，自然引导我们想到别的行仪习惯，这些都可以帮助我们清楚的去想象萨波的日常生活。现在便让我们离开了她的树林中白墙壁的房屋，却想象的走向亚果拉去，这即是城市的市场，许许多多的米都勒讷人在我们眼前来往行动，闹嚷嚷的，穿着各种华丽的服色。

我恐怕这是一定的，那市场本身以及往市场去的各街道在实际上并不像我们对于古代的好梦中所有的那么干净。公家的确也用有些人，专管道路和公共场所，扫除清洁，但是那城市的情状是可以想象得来的，坏气味，成群的苍蝇，尘埃与垃圾，我们若是记得那里没有下水道，垃圾污水平常都从屋里倒在街上，不管什么卫生的规则。幸而那太阳很强，而且空

【原注】

① 原第十五章。

气并不潮湿，所以情形还不太坏，不见得不如现在的，例如墨西哥的有些小市镇，或是北非洲的城市，如都尼思或亚耳及耳那样，正如旅行家所知道，那里的不愉快并不真至于受不了，一个人也就不久变成习惯了。

在市场里，各种商品都在出卖，在临时的摊上或是永久的店里。除了贩卖食物与酒的之外，那里有卖香料的、卖花的、做花鬘的、做篮子的、成衣匠、估衣商、木匠、金属匠人、烧陶器的、兑换钱的、理发师、修指甲的等等人。市场每天早晨开始，以打钟或者吹角为号，大抵卖买都在中午以前做了。在米都勒讷，与雅典和其他许多希腊城市不同，妇女可以自由进出市场，便是社会上有地位的一个闺秀在那里出现，也并不算是失面子的事情。但是货物并不是买主自己拿回家去，却是随后由跑差的与挑夫送去。至于妇女们在近地散步，或者坐在门外柱廊下和朋友们谈天，像男人们所做的那样，那似乎是没有的。理发师与修指甲的便在露天作工，那时顾客们谈着天，这里我应得说明，那时候的希腊人，实在一直下去到亚历山大王时止，大抵留着胡子，不过那胡须都修的很整齐，普通做成尖角形，他们的上唇有时是剃光的。

希腊有许许多多的祭日和公众纪念日，在那时候全城市举行庆祝，市场上就满是群众了。在这中间，可以举出亚坡罗尼亚，是亚坡隆的祭日，亚耳德米西亚是童贞女神亚耳德米思的祭日，那时有一个大行列，走向在米都勒讷北方几里外的女神庙去。亚柏罗地西亚是为亚柏罗地德而举行的祭日，这是一个特许的机会，可以表示某种原始性质的放逸，在其时并不算是猥亵的。地阿女西亚是为地阿女索思而举行的，那一天里大家都喝得倒醉，打鼓敲铙钹的声音把耳朵都要震聋了。赫拉亚是赫拉的祭日，当时有一个美的比赛，叫作卡利思退亚。坡舍陀尼亚用以庆祝坡舍同的海上的威力。安德思波利亚是百花的春祭，为台美退耳及其他地土的神而举行，又有德思摩波利亚，也是为台美退耳的。一个月之中总有四五个这样的祭日，这样那样的行乐的机会那么的多，人民是那么的快乐，土地与气候又是那么的美丽，所以勒思婆斯岛有时是被称为仙乡之一的。

在这些公众的祭日以外，还有许多私人的喜庆的机会，也常引动整个邻近，或是满街全是闹嚷嚷的人。例如有地位的人家生了一个男孩，这就是一件大事情，生了一个女儿的时候也相当的举行祝贺。听见人家将有分娩，一大群人聚集在门外等候，假如生了男孩，便在门上挂起一个橄榄枝叶的花鬘来告知他们，生的若是女孩，则用一束毛织的带子。在这喜事几天之后，那父亲设宴招待他的亲戚朋友，男女都在内，在第十天举行安比特罗米亚，即给小儿命名并接受他入家族的仪式，原意云围着跑，那时小孩裹着襁褓，抱了绕着家里的灶火走，大众跟在他后面舞蹈着奔跳着，随后把他呈献于家堂众神之前，其母亲也用了一个简短的宗教仪式，给祓除清净了。烘过的干酪和浸在油里的萝卜先自吃了，于是继续着是酒宴，主客男女都饮个畅快，这个热闹一直延引深夜里去。

萨波在她的女儿克莱伊思诞生的时节自当经过了这些一切，而且一定在别的家庭里也参加过许多这种仪式。她把那小女儿养大了，通过了那几年的幼稚时期，在那时儿童的死亡率是高得很可怕的，现在克莱伊思已将长大成人，她的慈母也就觉得有了资格，可以照料那许多托她教养的少女们了。

在儿童时代的早期，男孩出来完全裸体，或者有一件小披风搭在肩上，但是女孩穿着一件单衣，下垂到足踝，在她们还是幼小的时候已经教导注意衣服，举动要优雅。她们刚能够走路时就教学舞蹈，至于音乐也是她们的教育的重要部分。在勒斯婆思，女子同男子同样的受教育，也同他们一样的学习读书写字懂得文法，能够简单计算，但在两性的教育上，运动与体操，包括游泳在内，却比知识的训练还看得更重要，供小孩娱乐之用的有许多玩具要货，其中可以举出，手脚可以曲折的小木头人，响铃，小鼓和别种乐器，小车和船，木马，坐车可以容受小儿坐地。由一个朋友拉着走，有时用一对山羊或狗拉的，秋千、压板、小家具和厨房什器、铁圈、陀螺、风筝、球以及称子用的羊脚骨。捉迷藏是很爱玩的一种游戏，又有些赌输赢的游戏也常常玩着。

结婚是私人的喜庆中的一重大事情，在有地位的人家里有这种大事，便要引动一大群人，把那条街都塞满了的。这大抵在一月或二月中举行，其用意很明显的是，第一个小孩可以在冬天生产，这算是一年中最是适于卫生的气候。伊阿尼亚的女子在十四五岁时已算是达到结婚年龄，但在勒斯婆思平常还要迟缓，和斯巴达人一样（斯巴达男子三十岁时始许可结婚，女子则在二十岁左右），直到她们完全长成了，新郎则普通过了二十以上，大抵以前几年间养着一个外宅，因为节制是当作于健康不宜的。

结婚常在晚间举行。在午后，用了从神井或是什么川流取来的圣水，给新娘一个仪式的洗浴，随后穿上上好的新衣服，透明的麻纱的面巾盖在她戴着花鬘的头上，可是并不至于遮住她的施着脂粉的小脸，或是有那修理齐整，涂得鲜红的指甲的两手。其时新郎也用圣水洗了浴，穿了白的衫子，一个花鬘安放在他细心的卷过加上香油的头发上面，等到傍晚时光，他便同了伴郎向新娘家去，坐在用两头马或驴子拉的车上，跟了一班吵闹的男朋友，许多本地人都站着看热闹。新郎和新娘的家里都装饰着薜荔、桂叶、各种常绿树枝和百花，他一到来，奏起乐来，大家欢呼迎接，他便从这花叶做成的宝盖下走进去。以后是一个大宴会，男女亲友都举杯庆祝这幸福的一对，说好些隐语玩笑话，要使得年青的新娘在两颊上生出红晕来，假如她不是从小时候便完全熟悉了那一切所含的意义。

宴会之后，那女郎从家里出来，坐在御者台上在新郎的旁边，伴郎则走上车的后面，男男女女拿着火把站在周围，吹笛子的和唱歌的伴娘们排在前头，这样行列开始行动，在一阵花雨和许多欢呼戏弄与颂祝之中。新娘的母亲在家门口等着他们，在新娘刚跨进门槛的时候，大家都用糖果和谷子打这一对新夫妇，同时唱着婚姻颂歌，这相当于现代的结婚行进曲。

实际的结婚仪式是很简单的。新郎拿着新娘的手，引她往家堂众神的坛前，一个男孩吹着笛子在前头走，女人们拿着炎炎的火把走在他们的两旁。并没有什么誓约，只把新娘介绍于新郎家庭的众神，这个婚姻便成立了。这以后新娘的姑便即领她进卧室去，伴娘们在后面推着她，因为那时她总做出惯例的不愿意的样子，一面还鼓励着她，用粗野的话说她目前的快乐的经验。烛光照得通明的房内用树的枝叶装饰着，地上散着花，床是用香水都洒得湿了，在这样芳香的空气之中，女人们将女郎留下，却都聚集在门外等着。

现在是新郎被他的快活的朋友和亲戚引到房里来，他们拍他的脊背，催他前进。走进房里，他关上了门，他的第一件事是揭去新娘的面巾，同她一起吃一个榅桲，算是将来说话甜蜜的一个契约。其时在门外的一群人敲打并踢那房门，从门缝里高声的说玩笑以及鼓励的话，伴娘们则在唱那些歌曲，萨波也曾做了不少，她们都顿足拍手以作节奏。在这样的喧闹的伴奏之中，结婚遂以完成，等到新郎走到门口来，报告说诸事成就如仪，外边的人才各分散，只有伴娘们还在附近集合，继续歌唱上大半夜。第二天早晨，新婚的夫妇接受朋友们的祝贺，但是那天夜里新郎却去睡在新娘父亲的家里，好让她安静的休息，到了第三天他才回到她这边来，晚上再开一次宴飨。

我们或者以为这样一种性质粗野的行事，似乎会得使纤细讲究的萨波感觉嫌厌也未可知，可是这显然的正是相反，她却觉得这些很好玩很可喜，如她所写的那些结婚诗之所显示。她在那诗里想象自己是同伴娘们一起在门外歌唱着，有如希默洛思所说，人家觉得仿佛是她在主持着一切似的。这个说明却并不难于寻找。我们必须记得，传统的习惯能够从参加这样的场面的人的心里除去一切猥亵的意识。一切这些粗鄙，一切这什么就叫什么的说法，事实上即使在现今的许多希腊人的结婚仪式里还是依然存在。实在我也可以自由，在近东旅行到晚无处投宿，承蒙有些希腊农夫招留在家，我自己便曾经站在新房的窗下，参加欢呼，摇旗呐喊，在新郎从上边报告说诸事成就的时候。

类似的习俗，直到不多世纪以前也通行于英国，就在今日我们西方的人还把这本应是私人的而且是浪漫地秘密的结婚这一件事当作公开的祭赛，我们展览我们的新娘，盖了面巾，好像是去接受什么不可明言的秘礼，我们送这一对儿去干显然的事务，欢呼着笑着，别无什么惭愧。假如这在我们的假道学的时代是如此的，那么我们容易了解，在萨波的时代这为什么不会使人觉得难为情了，那时这种事情从幼小时候起便是讲话的普通资料，那时宗教的平常仪式的大部分是属于两性的，其最普通的象征都是兴阳式的（Ithyphallic），那时男女的特殊关系被当作一件事，在言语上是绝不，在行为上也是很少需要隐藏的。萨波是，不必说是心地纯净的。她是决不粗俗，她的诗决不鄙俗，可是我相信，我们不妨想象她是在敲着新房的门，从钥匙洞里说些俏皮的话。

关于死与葬，这里也须略说几句。一个人死了的时候，他的尸体在家中安放着，穿了白的服装，有一个花鬘戴在头上。将一个铜钱放在死人的舌头上面，预备灵魂渡过斯都克思河去的船钱，这把钱放在那里而不拿在手中的一件事大概一半是根据于生时的习惯，假如两手都不空闲，人们常将个把钱货或是小的贵重品放在嘴里，因为在衣服上是没有口袋的。家里的妇女们，加上职业的哭手，围绕着尸体站上几小时，时时举起两手到她们的头上，发出呻吟，尖声号哭，有时震耳欲聋的那么叫唤，一面则男男女女加入那单调挽歌的吟唱。过一会儿，更有一个雇来的哭手开始演那假作的悲哀的发作，撕她的头发和衣服，搥胸爪面，喊声震屋，叫着死者的名字，说他或是她的死使人再也担受不住，其时别的女人看着她的发作表示赞许，各人等着机会，也来这么一下子，完成总疯狂的她的一份。

葬仪大抵在死后第二三天早晨日出之前举行。尸体在街道上行列经过，这躺在棺架上，盖着黑的棺衣，男亲属走在前头，女的则在后边，都穿黑色的或者也总是深色的衣服，至亲的女人剪去她们头发的一部分。在城外的墓场内，尸体是埋了或是火葬，两样都通行着，正如我们现代一样，但是假如尸体是火化了，骨灰收在一个陶瓶或匣子之内，拿来埋了。出丧以后，在死者的家里备一餐饭请那些送丧的人，以后每年时时到坟头去看，把饮食祭品放在那里，直到后来，如世间常例那么样，因为记忆渐渐淡薄，这些行事也就停止了。

在诞生、结婚、丧葬以及别的有事的时候，富人的家多少是对公众开放的，便有许多人到那里去，专是为的可以白吃，这种社会的食客在古代作家里常常说及，说他们逢迎取巧的情形，很加以嘲笑。古时这名称帕拉西妥思，意思是说“在食物旁边的”人，原是指的庙里的普通仆人，从圣粮中供给他的火食，但是到了萨波的时候，这字已经解作白吃食的人，是一个责斥的名称了。可是希腊人很是好客，主人大抵都很愿意饲养这种食客，只要他们对于谈天和一般娱乐有所供献，就是一味的恭维也行吧。

一个户主常是愿意招待有介绍来找他的生客，供给他住宿，在大人家里总有好几间客房，生客可以住上几天。在这种场合，大抵主人第一天招待客人吃饭，以后由他自己供应，生客便只可使用那间住房与厨房而已。我们推想萨波的有些女伴大概也是这样生活，占用她的客房，却买她们自己的食物，由他们自己的用人来伺候，可是因为她是那么富有，她或者给她们中间的几个付给一切的费用也未可知。

我刚才说及在脸上加添人工颜色的习惯，现在关于这题目须得增加一点说明。皮肤增白大抵使用炭酸铅，即白铅（铅粉），系用醋的蒸气加于铅上而成，古人不曾知道他们这样做是冒着中剧毒的危险，这常是中风，手指和腕关节麻木不仁，以及痛苦的大肠疝痛的确实的原因。面颊微微的涂红，用了一种由植物染料或是红色黄土制成的胭脂，眉毛用灯煤描画，眼睑则用和水的黛墨或安锑摩尼，是在勒斯婆思岛上发见的一种矿物，睫毛染黑，再用蛋白和捣碎的安摩尼亚胶或乳香调和了涂上去，嘴唇也用胭脂涂红，这却是加脂肪制成固体，像是一种铅笔，很像现代的口红了。

这种面上的装扮并不发生一种很不自然，或是假面具似的效果，虽然那白铅涂得厚厚的时候必然成了一层的白漆。人为的程度大约不见得比在现代妇女脸上所见者为多，虽然，这是真的，有些古代作者曾说到因了眼泪或流汗所造成的粉面上的明显的那些沟渠，可是这种事情在现今也是有的。在吕地亚以及东方的妇女的确那么不自然的涂抹，所以她们的脸必然很像是奇怪的假面了，但是希腊人在这方面似乎更是有节制，这只从他们怎么用心的保养他们天然的肤色上看去就可知道了。

搽皮肤的油膏普通多以蓖麻子油，橄榄油或杏仁油为基本，这末一种油在现今最是广泛的使用着。从杏仁或是巴旦杏树的根制成的浸剂也曾用作洗面剂用，使得面色润洁，有时和以蜂蜜水，便是蜜与水的煎剂。古代作家说及一种油类制品，叫作阿衣叙沛，罗马的普利尼乌思告诉我们说，把羊毛在文火上煮，待水冷时从水面上收集脂油，在日中晒干即得。这正是所谓拉诺林即羊毛脂，是一种脂肪性的物质，从粗羊毛里煮出来的，现在如大家所知在润面膏油中用得很多。牛蹄油是煎熬牛的蹄爪而成，在萨波的时候已是通行，现今在润面膏油的制造中亦仍在使用。

各种的膏油在和汤剂用以除去脸上的皱纹，雀斑和斑点。例如有一种消除皱纹的药膏，系用硫磺，叫作亚耳卡纳忒的一种植物（案：从根里可取红色染料），半透明的酸化铅现在称作蜜陀僧的，加上鱼胶，煮四小时而成，敷在脸上经三四小时，随后洗去。别的一种药剂系用烧枯研细的螃蟹壳与蜂蜜配合而成，每天涂敷连续七日，再以蛋白加以温罨。乳香油用以防止出汗。多余的毛发拔而去之，再用除毛剂阻止其重长，最有名的一种叫作泼西罗忒隆，意思即是秃药，系用砒霜与石灰所制成者。用了烧得通红的核桃壳片去烧焦毛发，据说即使不能永久除去，也曾使得它变得细软。

在萨波时代所用的香料方面材料极是繁多，特别是在与东方接触着的东埃该亚海的希腊人中间。蔷薇，地丁，百合花，燕子花，莲花，茉莉，木水仙，番红花，榅桲花，胡芦巴，这很像三叶草，都是很普通，但是有香的或是薰香似的。制剂更是为大家所爱用。例如麝香，现今在许多香水中都还用着，从希马拉耶山的雄的麝鹿得来的，在亚历山大王的时代是非常贵重的商品，大概那时已经使用了，还有甘松香，是从印度的那耳度思，一种缬草属似的植物里取得的芳香的油，也是如此。许多香料里都含有一点儿没药，这是从某种香树上得来的松香似的香胶，番红花与没药合成一种很通行的药剂，其他的树脂类的香是从拉达农树上取得，又从卷柏树，从叫作枫香脂的一种树胶，至今还用以制香，又从一种所谓阿坡拔耳山的树汁中取得，这即是有名的吉拉特香膏，这些又常与别的香物混和，如芝麻、豈蔻，这是一种姜属，益智、肉桂、番红花、末沃刺那、百里香和薄荷。古代波斯的御用香水用各样香料合成，有二十五种之多，萨波所说亚谛思曾经用过的或者就是这种特别制剂吧。

现代的香水自然是用酒精做的，但在古代所常用的是植物油，而且那些制剂有时是一种浓厚的油的凝结体，只用一点点摩擦在皮肤上面。这也时常制成一种脂膏，那时便盛在小的石膏瓶或是匣子似的容器之中。在希腊晚世，或者萨波时代已经如此也未可知，闺秀们并不限定在一个时候只用一种香料，却使用各样不同的香在她们身体的不同部分，这种联合用法之一，例如面上胸前用棕榈油，头发及眉毛上用末沃刺那，喉间及两膝用百里香精，两臂用薄荷精，大腿和脚则用没药。萨波在她行走的时候一定是发出一种香气，这在我们现代几乎将要引起头痛了吧，接近她的身边大概该是一个嗅觉的探险。她的富有使得她可以使用那时市场上的种种芳香醉人的香料，我们可以相信，当她从浴室出来，好好的擦上了没药，甘松香以及百花的香油，斜倚在充满了香气的室内她的薰香的榻上的时候，她的女伴和朋友们当必喘不过气来的又惊又喜的走近她去吧。

附录甲一：关于萨波的结婚歌

罗马的阿微地乌思显然说的很对，她在那时代对于许多讪谤的攻击总是安全无事的，她被当作米都勒讷社会的与文化的生活上的明星，已经根基非常稳固了，偶尔对她投过来的几阵反对批评的逆风是不能再推倒她的了。她的地位重要的根据也可以在这事实上去发见，即是她时被请求替勒斯婆思的那些青年贵族的新娘新郎去写结婚的歌。她的朋友大概是无数的多，凡是社会上有点地位的人家举行婚礼，假如没有一首萨波所写的结婚歌，这场面似乎便不能算是完全。这些歌词的断片散见在古代文学中，现在来收集一点，从她这一方面的活动上，我们可以利用了去想象她的生活，这也是好的吧。

这些歌词通常总是高兴而且好玩的，与这场合正是相适，因为这在古代而且说也奇怪，便是现在也还一样，觉得是不妨开一点儿粗野的玩笑的。这样一首是说及建造新房的事：

钉起椽子来呀，在结婚式上，

举得高高的，木匠们，在结婚式上。

新郎是同战神一样的高，在结婚式上，

比最高的人还要高，在结婚式上。

像勒斯婆思诗人那么高立，在结婚式上，

高出别时代的众诗人之上，在结婚式上。①

（一）②

又别一首玩笑的歌的断片云：

看门的脚有七寻长，他的鞋子用了三张公牛的皮，是十个皮匠的工作。他的父亲在别的各方面过着正经生活，可见他宣称出身比开克洛泼思③还要好。（二）

这里是一首佳妙的夜曲的断片，是给伴娘们坐在新房门外时唱的，伴奏着柔美的音乐，这便是在今日希腊的诸岛在同一情状之下也还是觉得有用的。

我们众女郎整夜的在这门口歌唱你多福的新

【原注】

① 本系两节，由呃特蒙士并合而成。

③ 创建雅典城的名人。

【锺校】

② 本篇中的（一）（二）……均与《萨波原诗的译文四》的相对应，请参看。

郎和你的地丁花香的胸脯的新娘的爱情。在晨光到来，你起身走去的时候，愿那大神赫耳美思引着你的脚走去，不会找到比我们今夜将得到安睡这事更坏的运气。（三）

在别一断片里，那等着的伴娘们既然得到照例的婚姻完成的报告，便当这样的高唱起来：“幸福的新郎，那结合已经完成，正如你所祈求的，你也就得着了你所祈求的女郎。”（四）又有别一首的末行云：“亲爱的女郎们，来吧，让我们停止歌唱吧，因为白天已经近了。”（五）“新郎万福，新娘万福。”（六）她们分散时这样的唱。

希默利阿思引用有一首诗，似乎是萨波的，其词云：

新娘，充满着蔷薇色的爱情，新娘，帕波思之亚柏罗地德的最美的装饰，去到你的新婚床，去到你的新婚榻，在那里你将那么温柔甜美的和你的新郎嬉戏，愿那长庚星引你愿意的到那里去，你会得惊奇的找见那坐白银宝座的赫拉。（七）

她对别一个面红的新娘又这样说：“你的可爱的身材，你的柔和的眼色，啊，新娘，爱情满布你美丽的脸上，亚柏罗地德真是看重了你。”（八）又云：

"啊，美丽的，啊，可爱的，——你是该得和蔷薇脚踝的美惠神女们与亚柏罗地德玩耍的。"（九）又在一篇里说道："啊，新郎，再也没有像这个（这样好）的女郎。"（十）

萨波写了那些许多结婚歌，所以希默利阿思说她仿佛是在主持这整个结婚仪式似的。她说："她走进卧室，布置那新婚榻，整理卧床，招集伴娘们组成婚仪队伍，搬进亚柏罗地德来，这坐在美惠神女所御的车子里，带了她的一群小爱神作为她的游戏的伴侣。"台美忒利阿思说及恋爱行进曲以及结婚，算在她诗歌的主要题材之内。所以假想她这时代是在疑云之中，或是一般被看作轻浮的女人，那是绝不可能的，若真是如此，那么她决不会得被人邀请，像是一个流行的作曲家一样，去写那些时代结婚的赞美歌的了。

附录甲二：关于结婚歌

向来假说萨波的结婚歌是别编集成一卷，或者是第八或是第九即末卷，在依了题材而编的她的诗集的卷末。

给在勒斯婆思及别处的朋友们和请求者写这些呃披嗒拉米亚（案：原语意云在新房前），或结婚歌，这是萨波的职业的工作中很重要而且可能是有利益的一部分吧。

这种诗有些是行列用的，即是在新娘坐在车子里被拿着火把的亲戚朋友护送到新郎家去的时候，配了笛子唱着，玩笑着，其时将花去抛掷那幸福的一对儿。在新娘的家里，他们由姑来接了进去，用了糖果，有如我们之用米谷，撒在他们头上，算是多子的征兆。假如宴会不曾在新娘家举行过，那么便在这里开始。在这时候，当唱第二支的结婚歌了。

但是真正的呃披嗒拉米亚是在新房外面唱的，那时都罗洛思（案：原语意云守门者），即新娘的伴侣已经把门关上，站在门前看守着，新娘的那些女朋友们算是要去从男人的手里救她出来。那些便是这时的模拟争斗，在这里边那都罗洛思自然要受到戏弄和讥刺，就是新郎自己也不能避免。

新郎在希腊称作宁比阿思，但是萨波却用干勃洛思这字，原意云女婿，伴郎则称之为帕拉宁比阿思。（案：此语与伴郎之意正相合。）许默柰阿思一语系说仪式的整个音乐部分，但特别是指结婚歌，也常说那结婚之神。（案：结婚之神本名为许门，许默柰阿思一语即由此引申。）这种结婚仪式根本上是宗教性质的，最初开场是致祭于赫拉，亚耳德米思，天上的亚柏罗地德，还有亚柏罗地德的女儿，据说叫作沛朵，意思即是劝诱。

正当的呃比嗒拉米亚，夜间在新房门前所唱，有时天明也唱一阕，都伴着舞蹈。合唱队系以少年男女组成，互相应答。我们在几篇断片中可以看出这问答的痕迹，或者有时连新娘参加在内也是可能的。

结婚最好的时节是伽玛利恩月，从伽摩思即结婚这字而出，相当于我们的一月下半与二月上半。

亚利斯泰讷妥思是一个写想象的尺牍（案：此系文章之一体）的人，告诉我们说，萨波的呃披嗒拉米亚以对于艺文神女美惠神女的祝告开始。这以后便继续以赞美新娘与新郎的话。似乎有一部分是萨波预先写好，在所有结婚式中都可以应用的。

修辞学家希默利亚思比较要早一百二十年（案：亚利斯泰讷妥思的年代是西历四百五十年顷），给我们关于萨波的结婚歌的技术的一篇详细的却多文饰的记述：

> 从那些诗人们我们可以知道，这是多么不容易的事，要去找到一个柔和的调子，歌唱起来可以使得那位女神（案：当系指亚柏罗地德）喜欢。他们的大部分虽然都是写情诗的名家，用了一切少年少女们的蛮勇去描画赫拉，却把亚柏罗地德的神秘完全留给了萨波，让她去作配了竖琴的歌以及结婚的歌。这是她在模拟争斗之后走进新婚的家里，装饰房间，展布坐榻，指挥女郎们进新房里，搬进坐在美惠神女的车里的亚柏罗地德，和一群小爱神同她游玩。她用风信子花围绕新娘的头发，除了额前分开的地方，多余的发她让微风随意去轻轻的吹弄，但是爱神们的翅膀和垂发她用金装饰，打发他们到车子前面去，高高的挥舞着他们的火把，当作一群卫队。

这是萨波的一种习惯，将那女郎比作苹果，

她对于那些在还未成熟时急于想摘的人，就是用指尖去尝一下也不许，但是在适当时节再去采摘的，她让他等候着到了它美丽的盛时。这又是她的一种习惯去将新郎比亚吉娄思，又将年青的新郎的成功去比那英雄的功业。

我们在希默利阿思书中也找到一首结婚歌，这大概是一篇模仿萨波的作品：

新娘啊，蔷薇色的爱神们巢于你的胸中，新娘啊，在你身上看出巴波思女王最可爱的形象，去到你的新婚床，去到那么新置的榻，在那里遇见你的新郎，共作甜蜜的嬉戏。愿那明亮的长庚引了你，愿意的到他旁边去，惊奇的看到赫拉的那银车，驾上每一对结婚的男女。

据说萨波常从民歌里去采取适宜的节调，词句与表现法，应用于她的结婚歌上。

附录乙：萨波原诗的译文四

（一）集一三六："高高的举起那屋梁来，唱结婚歌吧，——你们木匠们，唱结婚歌吧。新郎来了，像战神似的，唱结婚歌吧，——比众人都要高，唱结婚歌吧。"原文四行。

又集一三七："你是超群的，有如那勒斯婆思歌人超过一切别人。"原文一行。案此两节不连，又前者有复唱字句而此则否，合并似未妥。

（二）集一三八："看门的脚是七寻长，五张牛皮的鞋子，十个皮匠做成的。"原文三行。台美忒利阿思引此诗，说明云：

> 萨波用别一体裁，嘲笑鄙陋的新郎和结婚时的看门的，使用通俗语，这用于散文上是比诗更为适宜的，所以她这些诗是诵说比歌唱更是相宜，不应用于合唱或弦歌，除了在一个对话的合唱中。

案：此所谓看门的即是伴郎。

又集一三九：叙讷西亚思云，“此被侮弄的哈耳摩尼阿思为都罗洛思之父，此正如萨波说的，在一切别的方面他生活都是正经诚实的，只是关于门第，老是与开克洛泼思争论着”。都罗洛思本是门守的意思，此处作为人名，未详。所说萨波的话非是诗形，亦未能决定与此相连续也。

（三）集一四二：原诗现存第四至十二凡九行，每行后半已缺失，今可读者唯有四行“夜”字，五行“女郎们”，六行“整夜在”，七八行“歌唱最亲爱的地丁花香的胸脯的新郎”，九行“被叫醒”，十行“走向你的朋友们”，十一行“比”，十二行“我们将得睡眠”。此诗之末又有字云“诗歌卷一”，又希腊字号码云“一千三百二十”，盖记全卷行数，可知此是萨波诗集第一卷的末幅，唯萨波结婚歌据说别编一卷列于末尾，而此乃是首卷，当是另一编本。系依诗韵排列者也，萨波诗共有九卷，如依此计算，一总应有万行以上，现在所存留的连残缺不完者在内，也还不及五百行，才有二十分之一而已。

（四）集一二四：“多福的新郎，现在你的婚姻成就了，如你所祈求的，你也得到了你所祈求的女郎。”原文二行。

（五）集一四三：原诗九行，今存第三至九共七行，前半已缺失，末二行中可识者唯八行“亲爱的女郎们且去”，九行“因为白天近了”，共七字。

（六）集一二一：意同。万福原语为 Khaire 等各变化，是普通招呼的话，初见时可云欢迎，临去时亦可云再会。

（七）集缺。关于结婚歌的序说中引有此诗，但云当系拟作，故集中未收原诗。

（八）集一二六：“你的身材优美，眼色柔和，爱情露在你脸上，亚柏罗地德真是特别珍重你。”原文三行。

（九）集一二七：希默利阿思云，“来吧，把我们的谈话带进新房里去，可以趁此机会称扬那新娘的美丽”。“啊，美丽的，啊，优雅的闺女”，因为勒斯婆思的女诗人的赞词很适合于你，因为那蔷薇脚踝的美惠神女与金的亚柏罗地德真是和你在一起玩耍。

（十）集一二三：“再没有别的女郎，啊新郎，像这样的。”原文一行。此与集一二四的一节均言简意赅，不易传述，今只能达其意思而已。

集中还有几篇断片，也值得介绍，今抄附于后：

（甲）集一三三：“正像是甜苹果在树顶发红，在树顶的顶上，所以采果的人忘记了，不，不是忘记了，只是够不着。”原诗三行，向来为世所称，有英诗人洛瑟帖译诗甚有名。

（乙）集五三：“好母亲，我再不能织布了，因了柔情的亚柏罗地德的力量。我已被一个孩子的相思所制服了。”原文四行。海恩斯以为当系以民歌为本的，此类民歌各国多有，如英国有云：“母亲，拿开纺车吧，我今夜不能纺花了。”

（丙）集一二五：“亲爱的新郎，我怎么形容你好呢？我最好是形容你，比作一棵柔软的嫩树。”原文二行。此当为结婚歌之断句。

（丁）集五二：“正如小儿向着他的母亲，永飞（向你）去。”原文一行。或云，此系对亚柏罗地德所说，似可信。

（戊）集六四：亚列士多德在修词学中云，“如萨波所说，死是恶，因为诸神是如此判断的，假如死是善，那么他们也当死了”。在萨波遗诗中常有警句格言，因此被称为哲人，或列入七贤人之内，唯如韦格耳言，恋爱不变，而知识无限，所以这一类的文句，在萨波的著作中也不占什么重要的地位了。

图书在版编目(CIP)数据

希腊女诗人萨波/周作人译作;锺叔河编订. —长沙:岳麓书社,2020. 10

ISBN 978-7-5538-1211-3

Ⅰ.①希… Ⅱ.①周…②锺… Ⅲ.①诗集—古希腊 Ⅳ.①I545.22

中国版本图书馆 CIP 数据核字(2019)第 284633 号

XILA NÜ SHIREN SABO

希腊女诗人萨波

周作人译作 锺叔河编订

特约编辑:鄢 琨

责任编辑:蒋 浩

责任校对:舒 舍

书籍设计:风格八号

岳麓书社出版发行

地址:湖南省长沙市爱民路 47 号

直销电话:0731-88804152 0731-88885616

邮编:410006

版次:2020 年 10 月第 1 版

印次:2020 年 10 月第 1 次印刷

开本:787mm×1092mm 1/32

印张:5.25

字数:86 千字

印数:1—6 000

ISBN 978-7-5538-1211-3

定价:22.00 元

承印:长沙鸿发印务实业有限公司

如有印装质量问题,请与本社印务部联系

电话:0731-88884129